BIBLIOTHÈQUE DE LA JEUNESSE

LA PETITE JEANNE D'ARC

PAR B.-A. JEANROY

LIBRAIRIE 2f50 HACHETTE

Bibliothèque des Écoles et des Familles

1re SÉRIE

Format grand in-8 (28 x 18)

Chaque volume : broché.......... **12** fr.

relié percaline, tranches dorées.......... **19** fr.

ABOUT (E.) : **L'homme à l'oreille cassée.**
Le roman d'un brave homme.

AVEZAN (D') : **Enfant d'adoption.**

BEECKER STOWE : **La case de l'oncle Tom.**

CAHUN : **Aventures du Capitaine Magon.**

CERVANTÈS SAAVEDRA : **Don Quichotte de la Manche.**

CHARLIEU (H. DE) : **Mademoiselle Olulu.**
Le dernier des Castel-Magnac.
Le Fils du Naufragé.

CIM (Alb.) : **Grand'mère et petit-fils.**
Disparu.

GÉNIAUX (Charles) : **Petit poète et grand roi.**

GOURDAULT (J.) : **La Suisse pittoresque.**

JEANROY (B.-A.) : **L'Enfant de Saint-Marc.**

MAEL (P.) : **Robinson et Robinsonne.**
Le trésor de Madeleine.

MAËL (P.) : **Fleur de France.**
Un mousse de Surcouf.
Cambriole.
Lance et Quenouille.
Les deux Tigresses.

MAËL (P.) : **Le Talisman.**

MEYRA : **Le Fakir.**

MOUTON (Eugène) : **Aventures et mésaventures de Joel Kerbabu.**

Ouvrage couronné par l'Académie française.

MONNIER : **Notre belle Patrie. Sites pittoresques de la France.**

RAYNAL : **Les Naufragés.**

ROUSSELET (L.) : **Sur les confins du Maroc.**

SCOTT (Walter) : **Ivanhoë.**

TOUDOUZE (G.) : **La vengeance des Peaux-de-Biques.**
L'Enfant perdu.
Le voltigeur hollandais.

VERNOU (P.) : **Pirate de l'air.**

WYSS (J.) : **Le Robinson suisse.**

2e SÉRIE

Format in-8 (25 x 17)

Chaque volume : broché.......... **10** fr.

relié percaline, tranches dorées.......... **16** fr.

ABOUT (E.) : **Nouvelles et souvenirs.**
Le roi des montagnes.

ARTHEZ (Danielle d') : **Les tribulations de Nicolas Mender**

BEAUREGARD (G. DE) : **Le rubis de Lapérouse.**

BOLAND (H.) : **Excursions en France.**

BOVET (Mme DE) : **Mademoiselle l'Amirale.**

CAHUN (L.) : **Les pilotes d'Ango.**

COLOMB (Mme J.) : **Le violoneux de la Sapinière.**
La fille des bohémiens.
Mon oncle d'Amérique.
Les étapes de Madeleine.
La fille des bohémiens.

COOPER (Fenimoore) : **Le dernier des Mohicans.**

CORNEILLE : **Œuvres choisies.**

DICKENS (C.) : **David Copperfield.**

DOURLIAC (A.) : **Fleur des ruines**

GAFFEREL (P.) : **Les campagnes de la première République.**

GIRARDIN (J.) : **Les millions de la tante Zézé.**
Le commis de M. Bouvat.

PERRAULT : **Fière devise.**

Pour la collection complète,
demander le Catalogue de Distribution de Prix.

PETITE JEANNE D'ARC

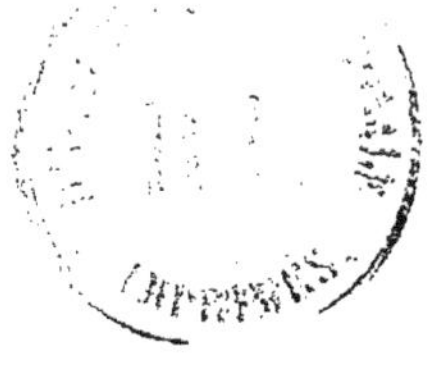

« CACHEZ-VOUS ! » MURMURA-T-ELLE.

BIBLIOTHÈQUE DE LA JEUNESSE

PETITE JEANNE D'ARC

PAR

B.-A. JEANROY

ILLUSTRATIONS D'APRÈS H. BENZON

LIBRAIRIE HACHETTE
79, BOULEVARD SAINT-GERMAIN, PARIS

« Pardon, excuse, » dit le père Laquille.

PETITE JEANNE D'ARC

I

Allez, Follette! Encore un petit effort, ma toute belle! Nous y sommes, ou à peu près!

Du bout de son fouet, l'homme caressait le dos de la bête, vieille jument efflanquée et poussive, à laquelle ne convenait ni le nom de Follette, ni le titre de « toute belle » que son maître lui donnait sans marchander.

Mais ceux que nous aimons ne sauraient à nos yeux ni vieillir, ni enlaidir; et le fermier Baudart aimait sa vieille jument. Pour lui, en dépit de toutes les infirmités que l'âge amène, elle resterait Follette, et la « toute belle », jusqu'au dernier soupir.

Près du brave homme, sous la capote baissée du modeste cabriolet, deux jeunes filles, ou plutôt une jeune fille et une enfant, étaient blotties l'une contre l'autre. Tendrement, l'aînée avait glissé son bras autour des épaules de la petite :

« Tu n'as pas froid, chérie? demandait-elle avec insistance. Tes jambes sont-elles bien enveloppées dans la couverture? Ce brouillard est vraiment glacial.... Appuie ta tête sur mon épaule, et dors un peu.

— Mais je n'ai pas du tout envie de dormir, Valentine! Je crois que nous sommes tout près d'arriver : n'est-ce pas le clocher qu'on aperçoit là-bas, dans les peupliers?

— Le clocher! » répéta Valentine. Et tandis qu'elle dressait la tête et clignait légèrement des yeux pour mieux voir, elle ajouta d'une voix dans laquelle on sentait de l'anxiété : « Déjà! »

Sous sa jaquette de laine grise, trop légère pour la saison, la jeune fille frissonnait, d'inquiétude autant que de froid.

« Déjà, mamz'elle Valentine? fit le conducteur. Vous dites, déjà? Voilà que ça vous chiffonne d'arriver, vous qui ce matin ne voyiez pas l'heure de vous remettre en chemin pour Juvigny !

— C'est vrai, dit la jeune fille avec un sourire triste. A présent, je m'effraie de ce que nous allons trouver là-bas; dans des temps comme ceux-ci, on est tellement habitué à rencontrer partout le malheur!

— Quel malheur pourrions-nous trouver chez maman Nette, ma Valentine? As-tu peur que nous ne soyions pas bien reçues? »

Les yeux bleus de la petite fille, levés sur ceux de la grande sœur, commençaient à se voiler sous les larmes toujours prêtes.

« Mais non, chérie, quelle idée! Maman Nette nous recevra le mieux du monde, si elle le peut... et elle le pourra, je l'espère bien! ajouta-t-elle dans son désir de calmer l'émoi qu'elle sentait naître dans l'âme impressionnable de l'enfant.

— Je comprends, fit celle-ci d'une voix basse et triste. Tu as peur que les Prussiens aient brûlé la maison de maman Nette, ou qu'ils aient emmené papa Richard on ne sait où, comme ils avaient emmené une fois les hommes de Voncq.

— Allons, dit le fermier en tournant vers ses jeunes compagnes sa bonne face rougeaude, en voilà-t-il encore des « avisures »! Pourquoi aurait-on mis le feu aux maisons de par ici? Du reste, les hommes de Voncq, les Prussiens ne les ont pas fusillés comme on croyait : ils les ont relâchés après les avoir emmenés un bout de chemin, pour effrayer les gens. »

Sans répondre, les deux voyageuses se serrèrent plus étroitement l'une contre l'autre. Elles revoyaient les murs calcinés des maisons de Falaise, pauvre village à moitié détruit, où on était passé la veille; elles se rappelaient ce jour terrible où, attirées à la fenêtre par un bruit de voix, elles avaient vu les hommes de Voncq, attachés l'un à l'autre par des cordes, entre deux files de cavaliers allemands.

Courageuses, leurs femmes les suivaient, comme on dit que les filles de Jérusalem suivirent Jésus dans le chemin du Calvaire.

« Où allez-vous? » leur criait-on.

Ils levaient les épaules, comme pour dire :

« Qu'en savons-nous? »

Et crânement, la tête haute, ils marquaient le pas. Certains souriaient aux figures connues, qu'ils apercevaient aux fenêtres. Une fois, à la question : « Où allez-vous? » l'un d'eux répondit : « Nous allons mourir. » Et de fait, le bruit se répandait dans la foule qu'on les emmenait pour les fusiller au champ de foire. Pourquoi? Un régiment prussien, de passage dans les environs de Vouziers, avait été attaqué à l'improviste, alors que les troupes françaises s'étaient repliées vers le nord du département. L'autorité allemande s'était émue, et, pour effrayer les populations, avait ordonné l'incendie de deux villages, Voncq et Falaise, qu'on soupçonnait d'avoir donné asile à une troupe de francs-tireurs. Les hommes de Voncq, pour avoir résisté aux soldats qui prétendaient les forcer à mettre le feu eux-mêmes, avaient été traités comme on vient de dire.

On ne les avait pas fusillés, non; mais quel émoi! Les deux sœurs, qui se trouvaient alors à Vouziers, avaient été malades, rien que d'avoir vu passer les pauvres hommes, ainsi liés quatre à quatre, et poussés à coup de fouet comme un bétail. Quand on a vu de ses yeux des choses pareilles, quelle confiance peut-on garder au fond du cœur? A mesure que se rapprochait la croix de cuivre qu'on voyait pointer dans la brume automnale, l'émotion des voyageuses augmentait, se faisait plus angoissée :

« Où irions-nous à présent, murmura la petite fille, si maman Nette était morte?

— Tais-toi, répondit Valentine sur le même ton. Il faut bien espérer que le bon Dieu aura pitié de nous.

— Et pourquoi Mme Nette serait-elle morte? dit le fermier Baudart qui avait entendu. Les petites demoiselles, ça n'est bon qu'à se gâter le sang à force de mauvaises idées. Au contraire, il me paraît à moi que par ici on est moins maltraité que dans nos cantons. »

Le pays, en effet, semblait tranquille. On avait rencontré un petit garçon qui sifflotait, guidant vers les pâtures un troupeau de vaches meuglantes : ici, les Prussiens ne les avaient donc pas toutes réquisitionnées? Du clocher de l'église, un son presque joyeux s'échappa : l'angélus de midi venait à point réconforter deux petits cœurs qui battaient fort.

« Allez, Follette, montrez aux gens de cet endroit-ci que vous avez encore des jarrets, toute belle! »

On entrait dans le village, dans la grande rue bordée de fumiers odorants, sur lesquels la volaille picorait.

Au seuil des maisons basses, des marmots barbouillés regardaient passer cette voiture, dans laquelle se trouvaient des gens qui n'étaient pas de Juvigny.

« Il faut aller jusqu'à l'église, avait expliqué Valentine au conducteur; la maison est à gauche, sur la petite place. »

Décidément il n'y avait pas eu d'incendie dans le village. Sur la petite place un beau feu clair s'élevait, s'éparpillait en joyeuses étincelles; mais ce feu-là était pacifique.

L'homme caressait le dos de la bête.

« Vous mangerez du boudin, mesdemoiselles », dit le fermier; et il ajouta, s'adressant à deux hommes occupés à flamber un porc qu'on venait de saigner :

« Eh bien, camarades! Vous lui avez fait son affaire, à ce Bavarois! »

Les deux hommes se mirent à rire. Il fallait bien se consoler comme on pouvait des maux de la guerre; et les régiments bleus des Bavarois n'étaient que trop connus dans la région. Cependant ceux-là n'étaient pas aussi détestés que ceux qu'on appelait : les vrais Prussiens.

« A gauche, la maison à volets verts, monsieur Baudart », dit Valentine.

Elle et sa sœur n'avaient de regards que pour cette petite maison en laquelle les pauvrettes avaient mis tout leur espoir. Dieu merci, un filet de fumée s'élevait au-dessus des tuiles rouges du toit.... Et voici que des bruits s'éveillaient à l'intérieur, que des ombres passaient derrière les vitres embuées, et qu'apparaissait, d'abord à demi cachée derrière le battant de la porte entre-bâillée, puis en pleine lumière, une bonne figure de vieille femme :

« Oh! maman Nette, maman Nette! quel bonheur! »

A ce double cri échappé de la voiture, un autre, immédiatement, répondit :

« Nos demoiselles! Est-il Dieu possible! Et d'où venez-vous comme ça, pauvres enfants?

— De Vouziers, maman Nette! Et vous, par ici, que devenez-vous? La guerre vous a-t-elle fait beaucoup de mal?

— Non, pas trop, mes trésors; pas tant qu'à bien d'autres.... Allons, descendez....»

Dans ses bras encore vigoureux, elle enleva la petite fille, lui couvrit le visage de baisers claquants.

« Oh! maman Nette, maman Nette! que je suis contente! murmurait l'enfant, qui se serrait sur la poitrine fidèle....

— Si vous êtes si contente, petit cœur, pourquoi pleurez-vous? Est-ce de peine, ou est-ce de joie?

— C'est d'émotion, dit Valentine qui entrait à leur suite dans la belle et vaste cuisine. Elle ne se fie plus à rien, la pauvre petite, et elle avait peur, je ne sais de quoi.... Mais vous pourrez nous donner l'hospitalité, n'est-ce pas?

— L'hospitalité, c'est un grand mot, mamz'elle Valentine; vous savez bien que chez nous, vous êtes chez vous. Vous coucherez dans la « chambre devant » toutes les deux, n'est-ce pas? J'aimerai mieux vous y voir que d'y sentir une dizaine de casques à pointe, comme c'est arrivé le mois dernier! »

La bonne femme attisait le feu, déjà très bon, devant lequel bouillotait la marmite. Les deux sœurs, vite débarrassées de leurs vêtements de voyage, s'assirent dans les coins de l'énorme cheminée, sur des chaises basses. Elles paraissaient maintenant toutes menues et toutes frileuses dans leurs robes à demi usées, qui n'étaient pas de la saison. Celle de Valentine, en mousseline de laine bleue, donnait froid rien qu'à la voir; la chemisette de la petite fille — une de ces chemisettes rouges qu'on appelait « à la Garibaldi », du nom du fameux condottière dont elles imitaient la chemise bouffante — était raccommodée sous les bras. Mais pour l'instant on était tout à la joie de l'arrivée : les petits mains se tendaient avec plaisir vers la flamme, et sur la plaque chaude du foyer, les pieds raidis par une longue immobilité se dégourdissaient.

« Et votre papa? demanda maman Nette, tout en refourrant de la braise sous la marmite. Il fait la guerre, bien sûr? »

Une ombre passa sur le fin visage de Valentine, tandis qu'elle répondait en écho :

« Bien sûr! Il s'est trouvé aux grandes batailles d'Alsace, il faisait partie du 7ᵉ corps.... Pauvre papa! Voilà plus de deux mois que nous sommes sans nouvelles de lui! »

Maman Nette se redressa, mit ses poings sur ses hanches et resta bouche ouverte, cherchant en vain dans sa cervelle un mot qui ne venait pas.

Au même instant son mari — papa Richard — entrait avec le fermier qui avait amené les jeunes filles. Les deux hommes avaient dételé, mis à l'écurie et bouchonné la vieille jument; à présent il s'agissait de boire ensemble une goutte d'eau-de-vie de prunes, de celle qu'on avait réussi à dissimuler aux Prussiens, en l'enterrant dans le potager, sous les choux à grosse tête. Papa Richard était un homme de soixante ans, à la forte carrure, au nez saillant dans un visage maigre. Suivant qu'il était de bonne ou de méchante humeur, son petit œil couleur d'ardoise riait ou menaçait, sous les sourcils touffus;

CRANEMENT, LA TÊTE HAUTE, ILS MARQUAIENT LE PAS.

mais quand papa Richard était tout à fait en colère, on ne lui voyait plus, au fond des orbites creuses, que deux points qui luisaient dans un véritable taillis de poils hérissés. Bon type de paysan, aux bras solides, au cœur simple, attaché de toutes ses forces à la terre paternelle.

A la suite des deux hommes était entré un petit garçon, dont la bonne figure pleine et rose apparaissait derrière la blouse bleue de papa Richard.

« Riquet! » s'écria la petite fille en se levant brusquement. Mais elle ne put courir à la rencontre du nouveau venu, car, afin qu'elle réchauffât mieux ses petits pieds sur la plaque de fonte, maman Nette lui avait délacé et tiré ses bottines.

« Avance donc, Riquet, » dit la bonne femme. C'est-y que tu ne reconnais plus Marthe, ni mamz'elle Valentine? As-tu fini de faire comme ça le honteux? »

Riquet, rouge comme une pomme de Saint-Louis, s'avança, et les jeunes filles l'embrassèrent.

C'était le petit-fils de papa Richard et de maman Nette, et le frère de lait de la petite Marthe. Sa mère, la pauvre Marceline, comme on disait, les avait nourris tous les deux ensemble; et jamais maman Nette ne rappelait ce temps-là sans ajouter avec un soupir : « C'était le bon temps! » Alors la maison était joyeuse, pleine de jeunesse, d'activité et de chansons. Mais le père de Riquet, un bon ouvrier qui rendait Marceline très heureuse, avait été pris sous un éboulement de rochers, dans la carrière où il travaillait, on l'avait rapporté à la maison ensanglanté, mourant.

De cette cruelle aventure, la pauvre Marceline avait eu, suivant l'expression paysanne, « les sangs tournés »; après avoir traîné quelques mois, elle avait rejoint son Jean-Louis sous les ifs du cimetière, et l'orphelin avait grandi dans les jupons de maman Nette.

« Y a-t-il encore des lapins? demanda Marthe au petit garçon qui s'était accroupi tout près d'elle, sur la plaque chaude du foyer. Et Calypso? »

La gêne de la première minute était déjà disparue : le jeune Henri Marchal, dit Riquet, qui adorait sa sœur de lait, se sentait maintenant transporté au septième ciel.

« Calypso va bien, répondit-il, la face épanouie; des lapins, il y en a quatorze, presque tous jaunes... et puis, à présent nous avons encore une autre bête, très amusante : une grenouille verte, dans le baquet qui reçoit les eaux du « corps pendant ». Ça y est-il de remettre tes souliers et de venir la voir? »

Marthe, en un instant, fut rechaussée : cependant les importantes nouvelles que venait de lui confier son frère de lait n'avaient pas eu le don d'éclairer complètement sa physionomie, trop grave pour ses douze ans.

Dans ce petit corps fragile habitait une âme profonde, que les malheurs du temps présent avaient fortement touchée.

« Si vous voulez voir la grenouille, dit maman Nette, allez vivement, et ne vous éloignez pas beaucoup; on ne va pas tarder à manger la soupe. »

II

Leur papa fait la guerre, dit maman Nette à son mari, aussitôt que les enfants furent dehors.

— Dame! répondit papa Richard, puisqu'il est officier! »

Et sur ces mots, un silence pesa. Cependant on lisait, dans les yeux du vieux paysan, le désir de comprendre ce qui se passait.

Par quel hasard les jeunes filles étaient-elles là; pourquoi arrivaient-elles de Vouziers, accompagnées d'un homme qu'on n'avait jamais vu dans le pays?

« Je vais vous expliquer, dit la jeune fille, répondant à cette interrogation muette. Je comprends combien vous devez être étonné de nous voir. »

Sous prétexte de retourner près de son cheval, en réalité par discrétion, le fermier Baudart sortit; et papa Richard s'installa en face de Valentine, dans le grand fauteuil de paille que venait de quitter la petite Marthe.

de la terrible sciatique à laquelle elle est sujette. Impossible de continuer le voyage. Par force, nous restâmes donc à Vouziers, à l'hôtel du Lion-d'Or, où nous avions cru ne passer qu'une nuit. A la fin d'août, les Prussiens arrivèrent, leurs officiers envahirent l'hôtel; dès lors la vie ne fut plus tenable. Par peur, on les servait bien mieux que les autres, tout était pour eux, la ville était comme un champ sur lequel s'est abattue une nuée de sauterelles; à de certains jours le pain même manquait. De plus, Marthe et moi étions comme prisonnières dans la chambre de Mlle Leblanc, qui ne pouvait souffrir de nous savoir dehors, dans ces rues grouillantes de soldats ennemis. M. le Curé — un bien digne homme! — avait pitié de nous et nous protégeait tant qu'il pouvait; mais, dans ce tohu-bohu de la guerre, il ne pouvait pas grand'chose. Il conseillait très sérieusement à notre amie d'entrer à l'hôpital, où il pouvait la faire admettre et où elle serait mieux soignée que dans cet hôtel inondé de casques pointus. Il la recommanderait à la supérieure, elle aurait une chambre à part et ne manquerait de rien; car il faut rendre cette justice à nos ennemis, s'ils respectaient peu de chose, du moins ils n'avaient pas touché à l'hôpital. La supérieure, envoyée par M. le Curé, vint nous voir; c'était une femme charmante et pleine de cœur; mais, malgré toute sa bonne volonté, elle ne pouvait se charger que de la malade, et pas de nous. Mlle Leblanc se refusait à nous quitter; si bien que, malgré la situation impossible, nous serions probablement restées au Lion-d'Or, sans ce petit détail, que le nerf de la guerre commençait à nous manquer. Un beau jour, en comptant notre bourse commune, notre bonne amie la trouva si plate qu'elle s'effraya : qu'allait-elle devenir, malade, sans argent, et chargée de nous, dans une ville envahie? Mlle Leblanc est une femme de décision : le soir de ce même jour, elle avait trouvé ce brave homme, M. Baudart, qui pour vingt francs consentait à nous amener jusqu'ici; et sa chambre à elle était prête à l'hôpital. C'est avec bien des larmes que nous nous sommes séparées; pourtant l'espoir de vous retrouver, vous autres, nous a soutenues pendant ce voyage pénible. La vieille Follette ne galopait guère; au lieu d'arriver hier soir, comme nous l'espérions, nous avons été surpris par la nuit et obligées de coucher dans une ferme, où nous n'avons pas fermé les yeux. Enfin, Dieu merci, nous sommes au port; mais est-ce bien sûr au moins, que vous nous recevez volontiers et que nous ne vous dérangeons pas trop? »

Maman Nette, avec une exclamation indignée, saisit la jeune fille à bras-le-corps :

« Vous vous tairez, ma Valentine, à ce que j'espère! Est-ce que vous n'êtes pas nos petites filles, toutes les deux? »

Et papa Richard, retirant de sa bouche sa grosse pipe culottée, ajouta :

« Tant qu'il y aura du blé sur le grenier, mademoiselle Valentine, il y aura ici du pain pour vous. »

Il avait ses défauts, papa Richard; on l'accusait d'égoïsme et de ladrerie; des fois, il levait le coude un peu plus qu'il n'eût fallu. Cependant le souvenir du bien qu'on lui avait fait ne s'éteignait jamais dans son vieux cœur; et c'est pourquoi les enfants du commandant Deshayes devaient être traitées, dans sa maison, comme ses propres enfants. Quand la pauvre Marceline était devenue malade, n'avait-il pas, le bon capitaine, — il n'était que capitaine en ce temps-là, — fait venir de Nancy, à ses frais, un grand médecin qui l'aurait guérie, si quelque chose avait pu la guérir?

Maman Nette et Valentine commençaient à dresser le couvert pour le repas de midi. Les assiettes de faïence à grosses fleurs rappelaient à la jeune fille les gaies dînettes des vacances de l'autre année; et ce souvenir joyeux accentuait la tristesse de l'heure présente....

Baissant la voix, et comme en hésitant, la vieille paysanne posa une question :

« Et M. Louis Leblanc, qu'est-ce qu'il devient, dans tout ça? C'est la guerre, bien sûr, qui aura retardé votre mariage? »

La jeune fille était occupée à tailler des

morceaux de pain dans la grosse miche. Au nom de Louis Leblanc, ses paupières battirent et, dans sa main, le couteau trembla. Mais ceci ne dura que le temps d'un éclair. S'étant ressaisie, elle dit, en levant sur sa vieille amie ses grands yeux tristes :

« Il ne faut plus me parler de Louis, bonne maman Nette. Si vous m'aimez, vous ne m'en parlerez plus, plus jamais. »

III

DANS la grande cuisine de maman Nette, on était à table pour le souper; Riquet assis près de sa sœur de lait, Valentine auprès de papa Richard, qui l'exhortait à se laisser servir une seconde assiettée de soupe aux choux.

« Allons, mamz'elle Valentine, faudrait pourtant vous faire une raison. Si vous ne mangez rien, vous finirez par tomber malade, et alors nous serons tous dans un joli pétrin! Raisonnons un peu : quand vous vous serez usé le tempérament à force de vous faire de la bile, est-ce cela qui remontera les affaires du pays, ou qui vous fera plus vite avoir des nouvelles de votre papa? »

« Raisonnons un peu », était le mot de papa Richard, qu'il employait en toute occasion, mais surtout quand quelque chose le contrariait. Or, la figure pâlotte de Valentine, son air absent, son sourire plus triste que les larmes, n'étaient pas sans lui causer du souci. Les deux sœurs étaient à Juvigny depuis une huitaine; toujours bien gentilles et prêtes à rendre service, et se mettant à tout dans le ménage; mais, cristi! combien différentes des autres années, quand elles venaient passer un bout de vacances, et que c'était du matin au soir comme un feu d'artifice de gaieté! La guerre était un malheur, c'est sûr; mais puisqu'on n'y pouvait rien! Raisonnons un peu.

« Ce serait bien commode, papa Richard, dit la jeune fille, si on pouvait à volonté avoir ou n'avoir pas de chagrin.

— Alors personne n'en aurait jamais, fit judicieusement observer Riquet.

— Enfin, dit maman Nette, il n'y a rien de plus aujourd'hui qu'hier, n'est-ce pas? ainsi vous pouvez au moins manger autant qu'hier, petite belle. »

A ce raisonnement il n'y a rien à objecter.

Cependant Valentine se disait que chaque jour de plus passé sans nouvelles, c'était une parcelle d'espérance que le temps lui enlevait.... Elle sentait, la pauvre petite, approcher le découragement, avec cette quasi-certitude du malheur, quelquefois plus pénible que le malheur lui-même....

En effet, en venant à Juvigny, elle avait espéré vaguement y trouver des nouvelles de son père : s'il était encore de ce monde, n'aurait-il pas, depuis trois semaines que Strasbourg était rendu, trouvé moyen de faire parvenir un mot à papa Richard?

« Il ne sait pas que vous êtes chez nous, » lui faisait remarquer maman Nette.

Sans doute : il ne le savait pas d'une façon précise, mais il pouvait le supposer, puisque Mlle Leblanc lui avait dit : « Au cas où les choses tourneraient mal, je ne garderais pas les enfants dans une ville fermée. » Qu'on eût cherché un refuge à Juvigny, c'était une idée vraisemblable, qui avait dû se présenter tout naturellement à l'esprit de ce bon père. Et s'il était de ce monde, ne devait-il pas, par tous les moyens, chercher à rassurer ses enfants, dont il devinait, certes, les angoisses?

Ces raisonnements tournaient en cercle, non seulement dans le cerveau de Valentine, mais aussi dans celui de la petite Marthe, qui connaissait pour la première fois le tourment de l'idée fixe.

Toujours, au fond de son excellent petit cœur, elle avait rendu un culte à ce père, dont la tendresse et les douces gâteries avaient remplacé celles de la mère enlevée trop tôt; mais combien son amour filial ne s'était-il pas développé encore, depuis que ce père aimé était exposé à tant de périls! Pas une minute, depuis le commencement de la campagne, Marthe n'avait cessé de penser à lui. Son sommeil, autrefois si calme, et profond comme celui des enfants heureux, était devenu si léger que le moindre bruit l'interrompait.

Ce soir-là donc, ni Valentine ni Marthe ne faisaient honneur à la bonne soupe aux choux de maman Nette. Dehors, le vent soufflait en tempête, arrachait méchamment aux arbres du verger leurs dernières feuilles, faisait grincer les gonds rouillés des volets.

Soudain, la porte s'ouvrit, et le père Laquille, ami et voisin, parut sur le seuil.

Le père Laquille était un brave homme dont l'existence mouvementée se terminait à l'ombre du clocher de Juvigny : si les hasards de la vie avaient fait de ce terrien un homme de mer, il était naturel que, devenu vieux, ce Lorrain qui avait vécu en Breton se ressouvînt du pays natal, et voulût mourir aux lieux où il était né. Bien vite il était devenu populaire; on saluait sa vareuse grise et son béret bleu marine, du plus loin qu'on les apercevait. Sa conversation, animée et pittoresque, était un régal pour la jeunesse, toujours curieuse de choses lointaines. Si maintenant on s'injuriait dans Juvigny en s'appelant vieux cachalot, ou encore, espèce de marsouin d'eau douce, c'était grâce au père Laquille. Aujourd'hui sa visite était plus que jamais la bienvenue : il allait distraire un brin les pauvres petites.... Pendant qu'il raconterait ses histoires, elles mangeraient mieux la soupe.... Mais derrière le marin un homme entra, qui n'était connu de personne.

« Pardon, excuse, dit le père Laquille, si je vous dérange à l'heure du souper : j'ai cru bien faire de vous amener daredare ce brave homme, ou plutôt, car ce n'est pas la même chose, cet homme brave, qui vient de traverser les lignes prussiennes, et a, dit-il, quelque chose à remettre aux demoiselles Deshayes.

— A nous! » s'écria Valentine, qui devint toute blanche.

Et son regard effaré cherchait, dans les mains du messager, ce qu'il pouvait avoir à leur remettre : la croix d'honneur de leur père, une mèche de cheveux coupée sur une tête sanglante? elle avait lu, dans d'honnêtes petits romans, des scènes pareilles....

Cependant l'homme brave, un cinquantenaire à barbe grise, dont les vêtements étaient tout mouillés, avait pris sa casquette sur sa tête, et, tout en s'approchant de la table, la tortillait :

« Elle a un double-fond, expliqua-t-il; quand je porte les dépêches de l'autorité militaire, je les tiens dans ma bouche, enfermées dans un tube de caoutchouc, afin de les avaler en cas d'alerte; mais pour les lettres particulières, ma casquette suffit. »

Ce qu'il apportait n'était qu'une lettre, adressée à papa Richard :

« Ça vient de Verdun, » dit l'homme en la tirant avec peine de la coiffe étroite.

Et Valentine, dans un grand soupir, déclara :

« Ah! j'ai eu peur. »

Si cela venait de Verdun, cela ne pouvait pas se rapporter à leur père : et c'était tant mieux! Après avoir tant désiré des nouvelles, elle ne demandait à présent qu'à retarder le moment de savoir. Marthe ne disait rien, mais un soupir pareil, soulevant le petit corsage Garibaldi, fit comprendre qu'elle aussi avait eu peur.

« C'est-y que Verdun serait rendu? demanda maman Nette qui s'était levée, et versait à l'homme brave un verre de vin.

— Rendu? Jamais de la vie! Verdun se défend comme un beau diable! Les Prussiens n'y sont pas encore, allez, madame Richard! Sur la côte Saint-Michel, à Saint-Barthélemy, bon; mais dans la ville, je « t'en ratisse! »

Il riait, tout en secouant son manteau transpercé de pluie.

« Alors, fit maman Nette qui ne comprenait guère, comment pouvez-vous nous apporter une lettre de Verdun?

— Parce que moi, je vais, je viens, je me faufile, et je passe : à Verdun, nos officiers m'ont surnommé : Passe-partout. Les Prussiens me tirent dessus quelquefois, mais j'en réchappe toujours.

— Et pourquoi Laquille disait-il que

vous apportiez quelque chose à nos demoiselles, demanda encore maman Nette, puisque c'est à mon homme que la lettre est adressée? »

Dans ses grosses mains, habituées à la charrue mais inhabiles aux choses délicates, papa Richard tournait et retournait la lettre mystérieuse; il la pétrissait, comme s'il eût espéré la faire sortir de l'enveloppe sans déchirer celle-ci.

« Parce que, répondit tranquillement le messager en reposant son verre à demi vide, la lettre vient d'un officier qui, si je ne me trompe, pourrait bien être le père des petites demoiselles que voilà.

— Notre père! oh! papa Richard, ouvrez vite, ouvrez la lettre, je vous en supplie!

— Leur père? répétait papa Richard, en continuant de tortiller l'enveloppe carrée. Leur père? ça ne peut pas venir de leur père, puisque.... Raisonnons un peu! »

Cependant il parut à maman Nette qu'il y avait, en ce moment, autre chose à faire qu'à raisonner : au fait, quand on a bien envie de savoir ce que contient une lettre, le plus simple n'est-il pas de l'ouvrir? La bonne femme enleva prestement celle-ci des mains de papa Richard, et voyant Riquet debout, un couteau à la main, elle la lui passa. Quant à Marthe et à Valentine, figées sur leurs chaises, sans paroles, les yeux fixes, le cœur battant, elles attendaient.

Sous le regard angoissé de Marthe, Riquet ne mit pas un quart de minute à tirer le fin papier de son enveloppe; et tout aussitôt retentit ce cri de la petite fille :

« L'écriture de papa!

— Lis vite, mon Riquet, dit maman Nette; et vous, brave homme, asseyez-vous près du feu; m'est avis que c'est du bonheur que vous apportez à nos pauvres enfants. »

Toute la vie des deux sœurs semblait enfermée dans ce chiffon de papier que le petit garçon dépliait vite. Quand il ouvrit la bouche on les entendit murmurer : « Mon Dieu, mon Dieu! » Si cette émotion devait durer un instant de plus, leur cœur, incapable de la contenir, n'éclaterait-il pas?

D'une voix joyeuse, Riquet lut :

« Si cette lettre franchit les obstacles qui vont s'opposer à son passage, elle vous dira, cher monsieur Richard, ce que j'attends de votre fidèle amitié.

« Où sont mes pauvres enfants, je n'en sais rien, mais peut-être le savez-vous; et si vous le savez, ne trouverez-vous pas, dans votre cervelle d'homme avisé, le moyen de leur faire arriver de mes nouvelles? Si vous trouvez ce moyen, je compte sur vous, et que Dieu vous bénisse, mon vieil ami! Par ce que je souffre de ne rien savoir d'elles, je comprends leur propre inquiétude et j'en ai pitié : je sais combien elles m'aiment, pauvres petites! Si donc vous le pouvez, rassurez-les sur mon compte et ce sera, bon papa Richard, une des meilleures actions de votre vie de brave homme.

« Comme vous le savez, je faisais partie du 7e corps. J'ai pris part aux terribles combats des premiers jours; j'ai vu près de moi, sur le Geisberg, tomber notre général Abel Douay, mortellement frappé. A Morsbronn, j'ai vu nos cuirassiers voler à la mort; j'ai dans l'oreille encore le grésillement que faisait sur l'acier le choc des balles : j'ai fait partout mon devoir, simplement, mais sans lâcheté, sans jamais reculer devant le péril. Cependant j'étais protégé par les prières de deux anges, et j'ai passé sain et sauf au milieu du feu. Notre colonel tué, le lieutenant-colonel hors de combat, je parvins à rallier les débris du régiment, et pour sauver notre pauvre drapeau, nous nous réfugiâmes dans Strasbourg. Le 28 septembre, Strasbourg fut contraint d'ouvrir ses portes et, cette fois, il semblait que l'ennemi dût me tenir : Dieu merci, je réussis à m'échapper, grâce à un vêtement civil que me prêta un brave homme. Mon but était de rejoindre l'armée du Nord; mais fatigué, souffrant encore un peu d'une légère blessure reçue dans une sortie, je compris les dangers d'une si longue route et jugeai prudent de me jeter dans Verdun. Pourquoi hésiterais-je à

« LES PRUSSIENS ME TIRENT DESSUS QUELQUEFOIS. »

vous l'avouer? Une autre raison, et bien puissante, me poussait encore à prendre ce parti : à Verdun, j'espérais retrouver mes petites, que j'y avais laissées sous la garde de notre vieille amie, Mlle Leblanc. Mais elles avaient fui devant l'invasion, avec, me dit-on, l'intention de se réfugier en Belgique. De là, peut-être, vous ont-elles écrit, peut-être même les voyez-vous quelquefois, car Juvigny n'est pas très éloigné de la frontière belge. Si donc vous le pouvez, faites-leur passer cette lettre, qui leur apportera, avec un peu d'espoir, le courage d'attendre des jours meilleurs. Qu'elles le sachent bien, les chères enfants! à l'heure affreuse de la défaite, leur souvenir seul m'a sauvé du désespoir, m'a empêché de me jeter inutilement sous le canon.... Qu'elles continuent à veiller sur moi de loin, en priant Dieu, et que, malgré tout, elles espèrent! Dieu merci, Verdun tient bon, sa population est bien française, et à l'abri de ses vieux remparts, je sers encore la Patrie! plus heureux que beaucoup de mes vieux camarades qui maintenant rongent leur frein dans quelque ville allemande; en sûreté, oui! mais frémissants de colère et de soif de vengeance, et désarmés!

« Adieu, bon papa Richard, que rien de malheureux ne vous atteigne, dans cette tourmente qui souffle sur le pays. Souvenirs affectueux à votre excellente femme, et à Riquet, le futur soldat. »

Riquet, le futur soldat, reposa la lettre sur la table. Levant les yeux, il vit les deux sœurs dans les bras l'une de l'autre, et sanglotant. Le vieux marin à vareuse grise les regardait d'un œil tout brillant de sympathie; très ému, papa Richard se mouchait.

« Allons, allons, dit maman Nette d'une voix joyeuse, à présent on va manger la soupe, j'imagine! »

Mais Valentine et Marthe ne savaient que répéter :

« Mon Dieu! mon Dieu! que vous êtes bon! que vous êtes bon!

— Sans doute, dit maman Nette, le bon Dieu est bon; il faut lui dire merci, et puis après il faut manger la soupe. »

Quand elle avait quelque chose dans l'esprit, maman Nette, elle ne l'avait pas au talon.... Cependant, il était écrit que ce jour-là, elle n'aurait pas gain de cause. Valentine, riant au milieu de ses larmes, lui sauta au cou.

« Vous ne voyez donc pas que la joie nous étouffe, bonne maman Nette? Tout à l'heure, en nous forçant, nous aurions peut-être réussi à manger un peu; à présent, après une émotion pareille, cela nous serait impossible, impossible tout à fait! »

IV

Le lendemain était un jeudi, jour de congé à l'école. Riquet, qui, sans être paresseux, aimait son lit, en profitait toujours pour faire un peu de grasse matinée. Aussi le coup de neuf heures était-il près de sonner quand il arriva dans la grande cuisine, tout joyeux à l'idée de trouver sa sœur de lait plus contente. En effet, Marthe était là, déjà blottie dans son petit coin habituel, à droite de la vaste cheminée, tout près des longues bûches de chêne, dont le bout rougeoyait parmi les braises. Sur la plaque chaude où mijotait le déjeuner, — le café noir dans la minute, le lait crémeux dans la grande casserole, — la petite chienne Calypso était vautrée, ses maigres pattes noires voluptueusement tendues vers le feu.

Riquet vint s'asseoir sur ses talons, tout près de sa sœur de lait, à laquelle il souhaita gaiement le bonjour. Mais bien vite il constata qu'elle était aussi triste que d'habitude, et s'en étonna fort. Elle était là, sérieuse, les mains croisées autour de son genou, et quand elle leva sur lui ses yeux bleus il s'écria :

« Tu as pleuré! Un jour où tu devrais être si contente! Tu as pleuré, pourquoi? »

Il n'y avait, dans la grande cuisine, que les deux enfants; le tic tac régulier de la vieille horloge à poids était le seul bruit qu'on entendît. A présent qu'on avait de bonnes nouvelles du père, on aurait dû être si tranquille et si heureux! Et pourtant Marthe pleurait. Mais pourquoi, pourquoi? Riquet fronçait son épais sourcil, et dans sa voix on sentait de l'irritation.

« Tu ne sais pas? dit la petite fille à voix presque basse. Cette nuit, Valentine m'a demandé la permission d'aller à Verdun retrouver papa. »

A cette nouvelle, Riquet demeura stupide. A Verdun? A Verdun, retrouver papa? en voilà-t-il encore, une idée! D'abord, elle ne pourrait pas : la ville était fermée, tout entourée de batteries ennemies....

« Elle pourra, dit Marthe. On a parlé hier, tu te souviens, d'un prêtre de Jametz qui veut aller à Verdun comme infirmier et a obtenu du général prussien un sauf-conduit. Les ambulanciers passent partout, en montrant de loin un petit drapeau blanc, avec la croix rouge de Genève. Les Prussiens les respectent, et s'ils sont prêtres, et s'ils ont un sauf-conduit, c'est encore mieux. Alors, tu comprends, Valentine veut s'en aller avec ce prêtre de Jametz. Elle dit qu'en relisant la lettre de papa, elle s'effraie du découragement qu'elle découvre sous ses bonnes paroles.... Il doit souffrir tellement de la situation du pays, qu'elle ne le croit pas incapable d'un coup de désespoir.... De plus, il parle d'une blessure reçue, sans trop s'expliquer. Alors elle veut aller pour veiller sur lui, pour le soigner s'il est malade, pour le consoler.... Oh! je la comprends, je la comprends! mais je lui dis : « Emmène-moi. » Cela, elle prétend que c'est impossible, qu'il faudra marcher jusqu'à Verdun, et que je n'en aurais pas la force; moi je crois que quand on veut bien fort, on trouve la force; mais Valentine ne veut rien entendre. Elle dit qu'à son âge, il sera vraisemblable qu'elle aille à Verdun comme infirmière; tandis que moi, je suis une enfant. Oh! quel malheur, que d'être un enfant dans des temps pareils! Elle dit aussi que je suis délicate, que je souffre souvent de l'estomac, et que papa la blâmerait de m'avoir amenée dans une ville bloquée, où on doit manger très mal : comme si c'était bien intéressant de manger ceci plutôt que cela! Enfin elle dit que de deux choses l'une : ou elle ira seule, en me confiant à maman Nette; ou, si je ne lui permets pas de partir, elle restera.

— Il ne faut pas lui permettre de partir! » s'écria Riquet.

Marthe le regarda :

« Trop tard, dit-elle en souriant tristement. J'ai permis.

— Tu as permis! et pourquoi, puisque ça te fait tant de chagrin?

— J'ai permis, parce que j'ai compris que, pour Valentine aussi bien que pour papa, ce serait bon. Depuis que la guerre est commencée, Valentine se ronge à ne rien faire, d'autant plus que....

— Que quoi? demanda Riquet, très intéressé.

— D'autant plus qu'elle a un chagrin personnel, un grand chagrin. L'autre hiver, elle était fiancée, et si tu avais vu comme elle était contente alors, comme elle riait, comme elle chantait! Papa l'appelait sa petite fauvette. Son fiancé était Louis Leblanc, le neveu de notre bonne vieille amie; il étudiait à Strasbourg pour être médecin, mais chaque mois il venait, et c'étaient des joies sans fin à la maison. Et puis un jour, — je n'ai jamais su pourquoi, — papa s'est fâché contre lui très fort... depuis ce jour-là il n'est plus venu; Mlle Leblanc était toute triste, Valentine ne faisait que pleurer.... Papa avait du chagrin, lui aussi, et ne savait quoi inventer pour distraire Valentine; il est si bon, papa! Une fois, j'étais au jardin, dans le berceau d'aristoloche, assise sur le petit banc, et occupée à lire; je ne faisais pas de bruit; papa et Valentine se promenaient dans l'allée, sans savoir que j'étais là. J'ai entendu papa qui disait d'une voix très tendre : « Il ne faut pas m'en vouloir, ma petite fille! mon cœur a saigné, mais je l'ai fait, parce qu'il le fallait.... » Et elle répondait en l'embrassant : « Je le sais, papa chéri : je ne t'en ai pas voulu une seule minute; c'est malgré moi que j'ai du chagrin.... » Là-dessus, la guerre arrive, ce qui n'était pas fait pour consoler ma pauvre sœur. Mais, vraiment, je ne sais pourquoi je te raconte toutes ces choses, petit Riquet.

— Tu me racontes ces choses, fit gravement le petit garçon, pour m'expliquer que tu aies permis à Valentine de s'en aller.

— C'est cela.... A Verdun, dans une ville où on se défend encore, où il y a quelque chose à faire, près de papa dont elle s'occupera, Valentine oubliera sa propre peine. Et pour papa ce sera si bon d'avoir une de ses filles auprès de lui! J'ai compris tout cela, vois-tu.... »

Elle ajouta très simplement :

« Puisqu'il n'y a que moi qui souffrirai de ce départ, je ne dois pas m'y opposer. »

Ce langage était au-dessus de ce que Riquet avait l'habitude d'entendre : c'est pourquoi sans doute il ne trouva rien à y répondre. Il s'était mis debout, et restait là, bouche bée, à contempler la petite fille : sans qu'il s'en doutât, quelque chose, qui jusqu'à ce jour avait dormi au fond de son âme, était en train de s'éveiller. Le dévouement, l'esprit de sacrifice, tous les nobles sentiments que l'exemple et la bonne éducation avaient développés dans le cœur de Marthe, l'étonnaient, comme l'eût étonné un cygne apparaissant au milieu des oies de maman Nette, ou une gazelle au milieu d'un troupeau de chèvres. Mais l'étonnement n'empêche pas l'admiration; et de même qu'il eût admiré cette invraisemblable gazelle, — sans la comprendre, — Riquet admirait sa sœur de lait. Chose inouïe! à la regarder toute pâle et toute gentille dans le pauvre corsage Garibaldi, il oubliait jusqu'à son déjeuner qui mijotait sur les charbons, et, à force de mijoter, réduisait.... Depuis que le monde était monde, c'était la première fois que Riquet se montrait aussi détaché des biens terrestres.

« Maman Nette ne laissera pas Valentine s'en aller, » dit-il tout à coup.

Cette idée venait de surgir dans sa cervelle et lui paraissait propre à consoler sa petite amie. Mais, au même instant, maman Nette entra, l'air agité, le bonnet de travers sur ses cheveux gris.

« En voilà bien d'une autre! ronchonna-t-elle en poussant du pied la pauvre Calypso, qui n'en pouvait mais. Pas moyen de faire entendre raison à cette petite Valentine.... Et puis, qu'est-ce que c'est que ça, du lait qui vient à rien sur le feu? on n'a donc pas encore déjeuné ici? Qu'est-ce que tu fais là, Riquet, à bayer aux corneilles, quand Marthe n'a pas déjeuné? Ah! la guerre, la guerre! Allons, secoue-toi, Riquet, soigne-la, cette pauvre petite, ce pauvre pigeon qu'on abandonne; fais-lui un bon café, avec beaucoup de sucre; si elle n'a plus que nous, il va falloir la dorloter, au moins! »

V

Malgré les objurgations de maman Nette, les « Raisonnons un peu » de papa Richard, Valentine partit. Elle partit, non sans verser bien des larmes : la petite Marthe, au contraire, ne pleura pas, comprenant qu'il fallait laisser à son aînée tout son courage.

Et bientôt, aussi calme en apparence que si rien ne se fût passé dans le pays, la vie s'organisa chez papa Richard. Cependant les bruits du dehors y parvenaient assez pour trouver un écho douloureux dans le cœur de la petite fille. Quand elle entendait dire : « Metz manque de vivres, on s'attend d'un jour à l'autre à la reddition »; ou encore : « Les Bavarois sont à Orléans »; elle devenait toute blanche et frissonnait de tout son corps.... Aussi Riquet craignait-il comme le feu l'arrivée du vieux colporteur qui, dans son sac de cuir, apportait les journaux qu'il allait acheter au delà de la frontière. Quoiqu'il vendît l'*Indépendance belge* jusqu'à cinq et six sous, papa Richard se laissait quelquefois persuader de l'acheter : à quoi bon, puisqu'elle n'apportait jamais que de mauvaises nouvelles?

Dès que les devoirs étaient terminés, Riquet entraînait sa sœur de lait dans le jardin, où elle ne devait rencontrer rien qui la troublât. Tout d'abord on courait à la plate-bande, où, parmi les touffes de chrysanthèmes, un vieux rosier de la Malmaison donnait ses dernières fleurs. Le jour du départ de Valentine, Marthe avait cueilli là une superbe rose, qu'elle avait attachée au corsage de sa sœur en lui disant :

« Tu la donneras à papa de ma part. »

Valentine partit.

Elle en était bien sûre : si la rose était arrivée à son adresse, papa l'avait reçue avec plus de joie que le plus précieux des cadeaux; avec bonheur il avait respiré ce parfum que lui envoyait sa petite fille! Il n'en fallait pas plus pour que Marthe se délectât à cette odeur fine et subtile qu'exhalent les dernières roses.

« Elles ne sentent rien, disait Riquet, dont le sens olfactif était moins développé. A la bonne heure le seringat et le muguet! »

Marthe souriait, en comptant tous les boutons qui restaient encore à son rosier favori : hélas! ils n'avaient plus la force de s'ouvrir, et se recroquevillaient, tout frileux, sous les feuilles emperlées de givre; car, décidément, l'hiver venait. Riquet ne laissait plus sa petite sœur faire un pas dans le jardin sans qu'elle fût enveloppée d'un double fichu de laine.

« Quand tu auras assez regardé les roses, lui disait-il, je te trouverai quelque chose de meilleur. »

Et, comme un singe, il grimpait au grand pommier, sur lequel pendaient encore, de-ci, de-là, quelques petites pommes dédaignées : c'était une joie de les découvrir, et de les lancer adroitement dans la jupe de Marthe.

Elles étaient bien meilleures, disait-on, que celles qui achevaient de mûrir dans un coin du grenier; elles étaient amollies par la gelée, leur queue même était devenue comestible! Avec un bon morceau de pain de ménage, on improvisait d'excellents petits goûters. Comme on ne pouvait plus s'asseoir dans l'herbe, toujours humide, on s'installait sur le petit mur à hauteur d'appui qui séparait le verger de la campagne.

D'instinct, les yeux de la petite fille se tournaient vers le sud, — ce point de l'horizon vers lequel allaient continuellement ses pensées. Là, derrière les grands bois, se trouvait la vaillante petite ville qui luttait encore; là était le père chéri, là était Valentine...; Quand un oiseau, trop gros pour être une alouette, traversait l'air, le regard de Marthe s'attachait à lui. Mais Riquet, secouant sa bonne tignasse ébouriffée, déclarait :

« C'est une buse », ou : « C'est un merle; tu ne vois donc pas comme il est noir? A toi, c'est du blanc qu'il te faudrait, mé? »

En effet, Valentine avait emporté, dans un petit panier à claire-voie, l'un des pigeons de maman Nette.

« Quand je serai arrivée, avait-elle dit, quand j'aurai vu papa, je donnerai la volée à mon pigeon après lui avoir attaché sous l'aile un petit billet. Puisque ces petites bêtes ont un sens spécial qui leur fait retrouver leur chemin, on peut espérer que par ce moyen vous aurez de nos nouvelles. »

Papa Richard, incrédule comme saint Thomas, avait dit que ce moyen d'information ne lui inspirait aucune confiance, que les pigeons voyageurs, c'était de la farce, et qu'en tout cas, — raisonnons un peu! — un pigeon de maman Nette, jeune volatile sans aucune instruction, n'ayant jamais bougé de son propre colombier, ne saurait certainement pas se diriger seul, et n'était bon qu'à mettre à la casserole, avec des pois.

Cependant Valentine s'était obstinée, disant :

« Pour être un pigeon de maman Nette, il ne sera pas moins intelligent. »

Et voilà pourquoi aujourd'hui un oiseau qui passait faisait battre le cœur de la petite Marthe.

« Tout de même, disait Riquet, un jour que le brouillard mouillait un peu et que pour s'abriter on s'était réfugié dans le fournil, tout de même, on pourrait être joliment heureux si, au lieu d'aller se fourrer dans Verdun, ton père était venu ici, tout bonnement. »

Ce jour-là justement on avait cuit le pain, les belles miches chaudes étaient encore étalées, et dans la « chambre à four » une odeur appétissante flottait. Depuis plus d'un mois aucun Prussien n'était passé par le village; et encore, quand ils passaient, les Prussiens, ils ne faisaient pas grand dégât. On vivait à peu près comme une autre année, après tout!

Marthe, qui se tenait assise, frileusement, sur un petit banc tout proche de la bouche du four, leva sur son frère de lait des yeux tout chargés de reproches.

« Au lieu d'aller se fourrer dans Verdun! répéta-t-elle. Ainsi tu crois que je serais consolée, si père était ici, à se chauffer les pieds lâchement, pendant que les autres se font tuer! Ah! non, cela, je ne voudrais pas le voir, mon pauvre Riquet. La seule chose qui me fasse un peu de bien, c'est justement d'être fière de mon père. »

Elle avait parlé très vivement, presque comme malgré elle. Plus doucement, elle ajouta :

« Est-ce que tu ne comprends pas cela, petit Riquet?

— Si, si, » répondit le bon garçon, baissant la tête. Il s'apercevait trop tard qu'en exprimant tout simplement ce qu'il pensait, il avait dit une chose énorme. Marthe n'allait-elle pas le mépriser, à présent?

« Plus d'une fois, c'est vrai, reprit la petite fille, j'ai désiré avoir mon pauvre papa près de nous; mais alors je le voyais blessé, malade, et nous le soignions. Tant que le bon Dieu le garde en bonne santé, il faut qu'il fasse son devoir, tu comprends?

— Bien sûr! » fit bravement Riquet, qui avait eu le temps de se ressaisir. Pourtant des idées opposées se heurtaient dans sa jeune cervelle, et sur tout ceci son opinion n'était pas encore bien arrêtée. Il hésita un long moment, puis hasarda :

« Il faut qu'il fasse son devoir, c'est sûr! Mais tout de même... ne trouves-tu pas que la guerre, c'est... ce n'est pas... enfin la guerre.... »

Il frottait ses deux mains le long de ses cuisses, en cherchant quel qualificatif il pourrait accoler au mot de guerre, sans blesser les oreilles de sa petite amie.

« La guerre, c'est une horreur, » acheva Marthe, résolument.

Elle sourit, en voyant s'arrondir les yeux de Riquet : un mot pareil, il n'aurait jamais osé l'employer, lui! Cette fois il n'y était plus du tout, sa boussole avait complètement perdu le nord.

« Si j'avais été la maîtresse, on ne l'aurait pas faite, va, cette maudite guerre, reprit la petite fille. Mais puisque ça y est... puisque maintenant la patrie est en danger; puisqu'on a attiré sur nous ces oiseaux de malheur, puisqu'ils sont répandus à flots dans notre pauvre pays, je voudrais qu'à présent il y eût un homme armé à l'entrée de chaque maison, derrière chaque arbre! Et je me ronge d'être une petite fille qui ne peut rien... rien que pleurer! »

Ce disant, elle fondit en larmes sous les yeux de Riquet consterné.

Le soir, après le souper, les voisins venaient. On s'installait dans la grande cuisine, plus agréable que jamais à cette heure de nuit : un peu sombre dans la journée, surtout dans cette saison brumeuse et triste, le soir elle s'éclairait à la fois des chandelles alignées sur le dressoir, de la lampe à bec suspendue au manteau de la cheminée et surtout du grand feu de quartiers de chêne, auquel on ajoutait des brins de fagot pour activer la flamme et la rendre claire.

« Eh bien! qu'est-ce qu'on dit de neuf aujourd'hui, mon voisin? »

Ainsi interpellé, le père Laquille secoua la tête. Lui ne manquait jamais d'acheter l'*Indépendance* chaque fois que le colporteur passait.

« Rien de bon, ronchonna-t-il. Ce crétin de Bazaine a juré de faire pourrir ses soldats dans les fossés de Metz, au lieu de les utiliser.

— Crétin vous-même, riposta la mère Saint-Raymond, bonne grosse femme réjouie, qui en tenait pour le maréchal Bazaine. Il a son plan qu'il connaît mieux que vous, peut-être.... »

Le père Laquille, la pipe aux dents, étendit les bras et serra les poings. Lui, sans le dire, à quoi sert de parler inutilement? enrageait d'être vieux et perclus de rhumatismes. S'il eût eu vingt ans de moins, parbleu! le pays eût eu un soldat de plus. Marthe aimait beaucoup le père Laquille, dont elle devinait la noblesse d'âme.

Elle aimait à la fois et craignait de l'entendre causer, parce que, de tous les braves gens qui étaient là, c'était le seul en qui elle eût confiance. Les autres papotaient pour ne rien dire; lui, au contraire, avait le mot juste, et ce mot, hélas! était loin d'être toujours rassurant.

« Vous n'y croyez pas, vous, monsieur Laquille, au plan de Bazaine? »

C'était la petite fille qui, d'une voix hésitante, avait posé cette question. Le vieux marin tira sa pipe de sa bouche et, les yeux sur les braises, resta sans répondre un long moment. A la fin, il déclara :

« J'y ai cru comme tout le monde, plus que tout le monde. Mais à force de croire, on décroit.

— On décroit, répéta la mère Saint-Raymond, dont le rouet cessa brusquement de tourner. Laissez-nous tranquilles, vieux saint Thomas. Vous n'avez pas plus de patience qu'un veau « qu'étrangle ».

Elle n'aimait pas, la mère Saint-Raymond, d'être dérangée dans son optimisme. Très gaie, très confiante, elle avait toujours prédit le plein succès de nos armes. Dans les pires catastrophes, elle trouvait de quoi se rassurer. Tout au rebours, son mari, vieux homme maigre à l'estomac délabré, voyait tout en noir.

« Il en faut, de la patience, grommela-t-il. Mon meilleur tire-bouchon, un tire-bouchon tout neuf! ces mandrins-là ne l'ont-ils pas emporté! Se voir pillé comme dans un bois, sans avoir le mot à dire, c'est dégoûtant tout de même.... »

La vérité était que le père Saint-Raymond avait perdu moins que personne, ayant réussi à mettre en sûreté, non seulement son argent, mais son vin, son eau-de-vie et tout ce qui risquait de tenter le soldat.

« Vous n'avez pas honte, dit sérieusement le père Laquille, de bramer après votre tire-bouchon, quand vous en voyez qui, sans se plaindre, donnent leurs enfants. »

C'était une pierre bien lancée dans le jardin du bonhomme, dont le gars, qui faisait son temps de service, était revenu à la maison dès le commencement de la campagne, sous prétexte de maladie. S'il avait eu la dysenterie, comme il le racontait avec force détails, il en était guéri depuis longtemps : mais les lits de la maison paternelle, infiniment préférables à la terre nue, le retenaient dans leurs plumes, et d'aller reprendre le fusil ne le tentait nullement.

« Surtout, avouait-il dans sa naïveté, à présent que ça va de mal en pis. »

Dans la journée il se cachait pour n'être pas aperçu des autorités, surtout de M. le maire, qui était un patriote; le soir seulement, tel un hibou, il se risquait au dehors.

Personne n'avait relevé l'allusion du père Laquille; ce que voyant, il enfonça le clou. A la fin, la lâcheté de ce grand garçon le dégoûtait.

« Savez-vous ce qu'on dit des Goujon de Mangiennes? fit-il en secouant dans le feu la cendre de sa grosse pipe. Leurs deux gars, deux jumeaux, à ce que je crois, se sont échappés après Sedan; ils sont revenus en voyageant la nuit et se cachant le jour, jusque chez leurs parents, qui les ont reçus comme le Messie : jugez! ils avaient pu les croire morts. Mais après deux ou trois jours de repos, les gars sont repartis, toujours se cachant, pour rejoindre les armées qui se reforment de-ci, de-là.... »

Un murmure approbateur accueillit l'histoire.

Inconsciente, la mère Saint-Raymond prononça :

« Ils n'ont fait que leur devoir, les Goujon de Mangiennes. D'abord il faut qu'on se lève en masse; je l'ai toujours dit. La levée en masse, et prendre les Prussiens de tous les côtés à la fois, les entourer, les cerner, leur couper la retraite. C'est le plan de Bazaine, et, ma foi, ce n'est pas malaisé de comprendre qu'il est bon. »

Le père Laquille avait les yeux sur la petite Marthe, dont il aimait le visage expressif, tout illuminé en ce moment. De toute évidence, elle pensait à ces braves gens qui s'étaient évadés après Sedan, et repartaient en quête de nouveaux périls! Fils dévoués de la France, plutôt que de l'abandonner dans sa détresse, ils donneraient leur sang, leur vie.... Marthe eût été contente de serrer leurs mains loyales, et le vieux marin se réjouissait d'avoir fait luire un rayon sur le visage, ordinairement si triste, de la petite fille. S'il pouvait, après l'avoir émue, arriver maintenant à l'amuser!

« Nous pouvons dormir sur nos deux oreilles, dit-il d'un air bonhomme. A eux deux, le maréchal Bazaine et Mme Saint-Raymond sauveront la France. Paris sera dégagé, les Prussiens rejetés à la frontière, non sans avoir, bien entendu, restitué le tire-bouchon. »

La mère Saint-Raymond, n'osant pas trop se rebiffer contre M. Laquille, qui avait de l'esprit, s'en prit à son homme :

« Tu vois que tu nous rends ridicules, avec tes jérémiades. A la fin on en a assez d'entendre parler de ton tire-bouchon. Mais pour ce qui est de la levée en masse.... »

Elle s'arrêta, voyant s'entr'ouvrir la porte qui faisait communiquer la cuisine avec la grange. Elle avait deviné qui arrivait, en pénétrant par la porte de derrière, après s'être glissé le long des haies comme un voleur.

« Tu peux entrer, lui cria-t-elle; rien à craindre, on est entre soi. Mais qu'est que t'as, que te vlà tout pâlichot? Viens te chauffer, mon fi : t'en as besoin.

— C'est pas du froid, répondit le grand Théophile Saint-Raymond, s'approchant d'un pas qui avait appris à s'assourdir. Bonsoir, tout le monde. »

C'était un garçon long comme un jour sans pain, avec un visage en lame de couteau, un teint de bile et des cheveux jaunes. Le portrait de son père, qui n'avait jamais été beau garçon.

« Où as-tu passé le jour d'aujourd'hui? lui demanda maman Nette, en lui avançant une chaise.

— Dans le foin, répondit-il sans vergogne.

expliqua le grand diable d'une voix geignarde. Il dit qu'on va faire de nouvelles levées, qu'on recherchera tous ceux qui sont en état de marcher. Si ça va comme ça, je suis frit. »

Tout en parlant, il s'installait au coin du feu, trop près de Marthe qui, instinctive-

Ils sont revenus en voyageant la nuit et se cachant le jour.

— Et pourrait-on savoir ce qui te donne un air si rétréci? Si ce n'est pas le froid qui t'a fait cette figure de fromage blanc, qu'est-ce que c'est? »

Silencieusement, le père Laquille s'était remis à tirer sur sa bonne pipe et s'enveloppait de fumée bleuâtre.

Tout bas, Riquet fit remarquer à sa petite amie que lui n'avait pas répondu au bonsoir du grand garçon. Riquet, durant les veillées, ne disait jamais une parole, mais remarquait toute chose.

« Je viens de rencontrer Trousslard,

ment, comme elle eût fait à l'approche d'un reptile, se recula.

« Ben, quoi? fit le vieux marin d'un ton goguenard, en regardant la mère Saint-Raymond qui restait bouche bée. C'est ça, la levée en masse que je ne sais plus qui réclamait tout à l'heure. On la fait, et on a raison, ma foi. Il faut qu'on se lève en masse : je l'ai toujours dit. »

Malin, il reprenait les propres expressions de la bonne femme : mais celle-ci ne connaissait la logique ni de nom, ni de fait.

« Ils sont fous! s'écria-t-elle indignée,

Ils ne peuvent pas laisser les gens tranquilles. Un de plus ou de moins dans le tas, vlà t'y pas une affaire! mais nous nous arrangerons, va, sois tranquille, mon fi.... »

Haussant les épaules, le père Laquille se leva. Si d'un côté tant de lâcheté le révoltait, de l'autre tant de bêtise le désarmait presque. D'ailleurs s'il eût parlé, il en eût trop dit. Quand le grand Théophile arrivait, sa ressource était de s'en aller. Après un rapide bonsoir à la compagnie, il leva le loquet pour sortir.

« Écoutez! » fit aussitôt papa Richard.

Par la porte entr'ouverte, en même temps qu'une bouffée d'air humide, un bruit sourd et lointain leur arrivait.

« Le canon! » s'écria le père Laquille. Et il se précipita dans le jardin.

« Le canon!

— Pas possible!

— A pareille heure! De quel côté cela vient-il?

— Du fond du jardin.

— Du midi, alors.

— Parbleu! ce ne peut être que Verdun qu'on bombarde. Raisonnons un peu. Mais il vaut mieux ne pas le dire, à cause de l'enfant. »

Précaution bien inutile, puisque Marthe avait entendu comme les autres et, avec Riquet, les devançait tous dans l'allée qui menait au fond du verger. Elle n'avait pas eu, elle, besoin de demander : « D'où ça vient-il? » Son cœur avait fait un saut dans sa poitrine à cette idée que ce canon, qui tonnait là-bas, tonnait sur Valentine et sur son père! Quand les voisins, qui marchaient tout en échangeant de vaines réflexions, arrivèrent au fond du verger, près de la porte qui donnait sur les champs, Marthe était déjà installée sur le petit mur : toute son intention se concentrait sur ce bruit qui troublait l'air.

Plus rien d'autre, en ce moment, n'existait pour elle. Les voisins pouvaient bavarder, maman Nette se répandre en lamentations, Riquet s'inquiéter de lui sentir les mains froides et courir à la maison prendre un fichu. Son âme était là-bas, là-bas où grondait la foudre, où le feu lancé par les mortiers ennemis s'abattait sur l'inoffensive population. Hélas! les vieux remparts, jadis infranchissable défense, n'étaient plus, pour la ville assiégée, qu'une inutile couronne, dont les engins nouveaux se riaient. La mort volait au-dessus d'eux, aussi aisément qu'un oiseau franchit un mur!

« Quel bruit cela doit faire quand on est près », se disait Marthe.

Le cœur serré, elle se rappelait sa sœur se couvrant les oreilles de ses mains, pour ne pas entendre sauter le bouchon d'une bouteille de vin de Champagne. C'était le jour de la première communion de Marthe; on était bien heureux, dans ce temps-là! Le père avait dit en riant : « Nous ne mettrons pas notre Valentine dans l'artillerie ». Et la scène de joie revivait dans l'esprit de la petite fille; elle revoyait la mine encore un peu effarée de sa grande sœur, tandis que le vin pétillant coulait dans sa coupe tendue et que Louis Leblanc, assis près d'elle, lui disait, avec un rien de malice au coin des lèvres :

« A présent, il n'y a plus de danger. »

Qui aurait prévu qu'un jour, au lieu d'un modeste bouchon de Champagne, une pluie de bombes s'abattrait autour de la pauvre enfant? Elle recevait donc aujourd'hui, pauvre Titine, le baptême du feu! Oh! combien Marthe aurait voulu être auprès d'elle, partager avec elle les émotions de cette heure! Et elle se repentait de ne pas s'être, malgré tout, accrochée à elle, d'avoir été trop sage, trop résignée à son sort de petite fille, qu'on laisse dans un coin....

« Ils ne laisseront pas une pierre debout dans ce pauvre Verdun, dit inconsidérément le père Saint-Raymond.

— Allons donc! riposta Riquet, qui, de voir sa sœur de lait dans cet état, se faisait un terrible mauvais sang. Qui vous dit que c'est le canon prussien, et pas au contraire notre canon à nous, qui crache sur eux? »

Hypothèse invraisemblable, mais qui cependant faisait plaisir, et dont la petite fille sut gré à celui qui venait de la lancer.

« Bon petit Riquet, pensa-t-elle, il voudrait me rassurer malgré tout.

ELLE ALLUMA UNE CHANDELLE.

— On tire des deux côtés, naturellement, appuya le père Laquille. Si les gens de Verdun reçoivent des noisettes, ils doivent renvoyer des prunes.

— De fichues prunes!... » fit maman Nette.

Et Riquet, grimpé sur le petit mur près de sa sœur de lait, lui glissa dans le tuyau de l'oreille :

« Ça veut dire que les plus gros coups partent des canons français. Tiens, celui-ci, c'est un français, je t'en réponds! »

Une absurdité de plus ou de moins, cela ne coûtait rien à Riquet, quand il s'agissait de faire un peu de bien au cœur de Marthe.

Le vieux marin s'était approché des deux enfants :

« Il ne faut pas vous troubler l'esprit plus que de raison, mamz'elle Marthe, dit-il de sa bonne grosse voix. Dans une cave bien voûtée, on ne risque rien. En ce moment, mamz'elle Valentine est dans une cave, pour sûr.

— En tout cas, papa est sur les remparts, monsieur Laquille.

— Mais sur les remparts aussi, on sait s'abriter, n'ayez crainte! On ne va pas s'amuser à se faire tuer pour le roi de Prusse. Il y a des casemates, où on est « au coi », vous pouvez me croire. Du reste, voilà que ça diminue.

— On gèle, ici, grogna le grand Théophile. Si on s'en allait, puisqu'on n'y peut rien?

— T'as raison, va, grand feignant, dit sans politesse le père Laquille. Va te coucher, t'es bon qu'à ça.... »

VI

Jusqu'à la fin d'octobre, rien de nouveau ne troubla la triste monotonie des jours : du côté de Verdun, aucun bruit ne venait plus. Cependant, est-il besoin de le dire? ce calme n'était que de surface et, dans le fond des cœurs, l'appréhension ne faisait qu'augmenter. Depuis plus d'une semaine, le colporteur n'était pas passé dans Juvigny. Enfin, un jour, sortant de la maison comme ils en avaient l'habitude, au coup de l'angélus, les enfants l'aperçurent qui, tout affairé, traversait la place de l'église.

« Faut-il l'appeler? demanda Riquet.

— Garde-t'en bien! » répondit la petite fille.

Et, toute frissonnante, elle ajouta :

« Nous avons bien le temps de savoir! »

De savoir quoi? Elle-même n'aurait pu expliquer ce qu'elle voulait dire.

— Pourtant, hasarda Riquet, ça se pourrait qu'on ait une bonne nouvelle aujourd'hui.

— Il y a longtemps, mon pauvre Riquet, que je ne crois plus aux bonnes nouvelles. »

Le soir de ce jour-là, aucun voisin ne parut à la veillée. Les Saint-Raymond gardaient leur gars, malade de peur, disait-on, et le père Laquille était tenu par son rhumatisme au coin de son propre feu.

« C'est tant mieux, pensa Marthe. Comme cela, on ne saura que demain matin ce qu'il y avait dans le journal. »

Elle n'osa pas faire à haute voix cette réflexion, qui eût semblé peu raisonnable : pourtant, jamais encore elle ne s'était sentie aussi profondément troublée à la vue du vieux colporteur; jamais cette impression n'avait été aussi durable. Pourquoi, ce soir, ce profil anguleux, cette blouse bleue rapiécée et ce vieux sac, oh! ce vieux sac surtout, se représentaient-ils continuellement à son esprit?

Le lendemain matin, comme elle entrait dans la cuisine, où déjà Riquet s'occupait à faire griller des tranches de pain pour le déjeuner, elle entendit papa Richard dire à sa femme :

« Metz est rendu. »

Sachant par son petit-fils que le colporteur était passé, il était sorti de bonne heure et, sans acheter le journal, avait appris les nouvelles.

Marthe, sentant ses jambes flageoler, s'assit dans le vieux fauteuil de paille.

« Avec 170 000 hommes, 1 500 canons, 200 000 fusils, continuait papa Richard, et tous les drapeaux! »

Tous les drapeaux! Marthe se rappelait

son émoi de la veille, en apercevant le colporteur : hélas! l'événement dépassait en horreur tout ce qu'elle aurait pu imaginer!

Maman Nette, sans rien répondre, continuait à frotter le poêlon qu'elle récurait. Mais, comme la minette blanche allongeait la patte pour attirer à elle une des rôties abandonnées devant le feu, elle lui envoya un coup de pied.

« Chat, dis! »

Il fallait bien se soulager comme on pouvait, sur qui on pouvait.

« Le 27, ils se sont rendus à Metz, prononça papa Richard. Bazaine a trahi. »

De la tête aux pieds, Marthe se sentit frémir. Trahi! Non! Dans l'innocence et la loyauté de son âme, elle aimait mieux penser que le malheureux n'avait pas pu faire autrement. Une sortie, pourtant! Comment ne l'avait-il pas essayée, avec tant de bons soldats qui consentaient à mourir? Elle ne pouvait comprendre, mais ce qu'elle savait bien, c'est qu'elle préférait tout à cette accusation lancée au front d'un maréchal de France. Il a trahi! Depuis le commencement des désastres, le peuple croyait tout expliquer, tout justifier presque avec ce mot! Marthe, au contraire, y voyait le déshonneur suprême, le comble de l'ignominie. De toutes ses forces, elle repoussa l'idée abominable.

« Cela aura au moins un bon résultat, dit maman Nette. C'est qu'après Metz, Verdun ne pourra pas tenir longtemps, et que notre Titine nous reviendra.

— C'est vrai, pensa Riquet : tous les canons qui étaient autour de Metz vont se porter sur Verdun. »

Et il leva le nez, pour voir quel effet faisait sur sa sœur de lait cette consolation d'un nouveau genre. L'effet lui parut médiocre et il conclut en lui-même que Bazaine aurait bien dû essayer de sortir.

« Allons, dit Marthe en se levant; ce n'est pas une raison pour ne pas travailler comme à l'ordinaire. »

Elle avait, cette petite, une force de volonté qu'on ne devinait guère, en la voyant si pâle et si frêle, avec un air si doux.

Dans la chambre voisine, le poêle, comme on disait, papa Richard et quelques voisins causaient avec animation. Passant dans le corridor, les enfants entendirent, non sans surprise, prononcer le nom de Châteaudun. Comment pouvait-on, aujourd'hui, s'occuper d'autre chose que de Metz?

Au déjeuner de midi, papa Richard parut préoccupé. Ses petits yeux gris-bleu démesurément enfoncés dans les orbites, ses sourcils hérissés lui donnaient son air des mauvais jours. Absorbé dans ses pensées, le regard en dedans, il mangeait sans prononcer une parole. Comme il se levait, après avoir essuyé et refermé son couteau de poche, son gros poing s'abattit sur la table et fit trembler toute la vaisselle :

« Les canailles! » s'écria-t-il; et, sans s'expliquer davantage, il sortit.

Par la fenêtre qui donnait sur la place de l'église, on le vit s'éloigner, se diriger du côté de l'auberge.

« Encore! » soupira maman Nette, qui, aidée de Marthe, ôtait le couvert.

Riquet craignait papa Richard, dont les colères étaient quelquefois mauvaises; mais devant sa grand'mère, il pensait tout haut :

« Un joli jour pour aller au cabaret, fit-il d'un ton désapprobateur. Les hommes, ça n'en sait pas plus : si ça va bien, boire pour se réjouir; boire pour se consoler si ça va mal. Avec ça que papa Richard n'a pas le vin bon. J'ai cru qu'il allait tout casser sur la table, tout à l'heure. »

Maman Nette soupira :

« T'as raison, va, mon fi; on devrait pouvoir causer sans être attablé autour d'un litre : mais les hommes ne comprennent pas ça. Aujourd'hui, c'est cette histoire de francs-tireurs qui leur brouille la cervelle, non sans raison.

— Quels francs-tireurs? » demanda Marthe subitement intéressée.

D'instinct, maman Nette baissa la voix : personne ne pouvait les entendre cependant.

« Le bruit court qu'une troupe de francs-tireurs est cachée dans la forêt de Woëvre, du côté de la fontaine Saint-

Dagobert. Ils trouvent à s'abriter dans les huttes des charbonniers; et puis, de temps en temps, ils sortent, vont s'embusquer aux environs de la grand'route, pour harceler les Prussiens à leur passage. C'est dangereux, vous comprenez.

— Dangereux? répéta Marthe sans comprendre. Naturellement : qu'on la fasse de cette façon ou d'une autre, la guerre est toujours dangereuse.

— Je veux dire, dangereuse pour nous, qui sommes, avec Louppy, le village le plus proche de la forêt de Woëvre. Vous ne savez pas de quoi les Prussiens deviennent capables, quand ils mettent la main sur les francs-tireurs! On raconte qu'à Châteaudun, une petite ville qui est par là, du côté de Tours en Touraine, ils ont fait de tout : jusqu'à badigeonner les maisons avec du pétrole et forcer les gens, le pistolet sur la gorge, à mettre eux-mêmes le feu.... Ce n'est encore rien; les gros bonnets de la ville ont été pris, envoyés comme otages au fin fond de la Prusse; si vous croyez que c'est amusant! Nos hommes d'ici ne se soucient pas d'en passer par le même chemin : et ça se comprend. Du reste, tu as vu de tes yeux des choses pareilles, Marthe, aux environs de Vouziers; tu nous l'as plus d'une fois raconté. Alors, chacun songe à se défendre, à se tirer du pétrin comme on pourra. »

Le colporteur traversait la place de l'église.

Maman Nette essuyait sa vaisselle avec une fébrilité qui, de minute en minute, croissait. Elle allait et venait par la cuisine; chose inouïe, elle mit les assiettes creuses à la place du saladier, celui-ci à la place de la soupière. Pour ne pas l'exciter davantage, les enfants se turent. Cependant Marthe eût voulu comprendre ce que la bonne femme entendait par : se tirer du pétrin comme on pourra. Sans qu'elle sût pourquoi, son cœur battait.

Papa Richard ne rentra qu'à la tombée de la nuit.

« Hum! grommela-t-il, en voilà t'y un chien de temps! »

Et, dans le feu, il secoua sa casquette couverte d'aiguilles de glace. La tempête, en effet, s'était élevée; la pluie qui tombait se congelait en l'air, et, avant de toucher le sol, tourbillonnait dans le vent. La bise, dans le tuyau de la cheminée, soufflait comme dans une trompe. Un chien de temps, c'était bien le mot.

« Eh bien? questionna maman Nette en regardant son mari.

— Eh bien! il a été convenu que Trousselard et Saint-Raymond iront à Dun, où est l'état-major, et préviendront le général. Comme ça, les Prussiens verront que nous ne sommes pas d'accord avec ces écervelés qui sont dans le bois. »

Marthe, qui, debout auprès du dressoir, pelait des pommes, laissa tomber son couteau.

« Ces écervelés qui sont dans le bois? répéta-t-elle. De qui parlez-vous, papa Richard?

— Je parle, ma petite amie, de ces grands flandrins de francs-tireurs qui, sans rien faire d'utile pour le pays, nous feraient arriver du malheur si on ne prenait pas ses précautions.

— Qu'en savez-vous, s'ils ne font rien d'utile pour le pays? En tout cas, ce sont des Français. Vous allez dénoncer des Français, les livrer aux Allemands, et vous penserez avoir fait une belle action? »

La voix de la petite fille vibrait d'une indignation non dissimulée. Papa Richard, déjà excité, se rebiffa :

« Mêlez-vous de vos affaires, mamz'elle Marthe. Tout ça ne regarde pas les enfants. D'abord, moi, je n'y suis pour rien, je n'ai fait que les écouter, je n'ai pas dit « bouf ». Mais pour ce qui est de leur donner tort, pour ça non.... Je me moque un peu de vos francs-tireurs : des cerveaux brûlés, des têtes à l'évent. Raisonnons un peu. S'ils voulaient vraiment servir le pays, ils n'avaient qu'à s'engager avec les autres, dans l'armée. On ne les dénoncera pas, d'ailleurs; on dira seulement qu'on ne fait pas cause commune avec eux.

— En un mot, on les reniera, eux qui s'exposent et qui luttent pour la France. S'ils venaient demander asile ici, on les renverrait, n'est-ce pas? Et on ira prévenir l'état-major allemand? Et on a trouvé deux garçons de Juvigny pour se charger de cette honorable commission? Trousselard et Saint-Raymond, lâches et sans-cœur! »

Il y avait, dans le ton de la petite fille, un tel dégoût que le vieux paysan en resta une minute interdit.

VII

Dans le grand lit qu'elle avait occupé avec Valentine et où à présent elle couchait seule, Marthe veillait, attentive au moindre bruit, mais tranquille, depuis que son esprit était résolu. Toute sa vie, pensait-elle, elle se souviendrait de cette nuit tragique, nuit sans repos, employée tout entière à se demander de quel côté était le devoir. A cette heure, elle le savait.

Chose étrange, les éléments semblaient se mettre d'accord avec les sentiments de son âme : la tempête, terrible hier au soir, avait épuisé ses fureurs. Content d'avoir enlevé au toit de l'église un grand nombre d'ardoises, d'avoir tordu la chevelure des vieux arbres et de s'être acharné lâchement sur les feuilles mortes, le vent se taisait.... Tout à coup, sur le plancher sombre, apparut un triangle lumineux : c'était la découpure du volet qui, reflétée en clair, annonçait le jour nouveau. Moins d'une minute après, le chant du coq résonnait comme un appel de clairon.

Alors la petite fille, à tâtons, chercha ses habits. Elle se vêtit promptement, fit une courte toilette et une prière plus courte encore, mais fervente. Puis avec mille précautions, elle sortit de sa chambre et se glissa dans la cuisine. Là, dans le foyer, les charbons restaient rouges jusqu'au matin : soufflant sur l'un d'eux, elle obtint une petite flamme à laquelle elle alluma une chandelle. A l'un de ses cahiers, restés sur le coin du dressoir, elle arracha une page sur laquelle, avec un crayon apporté exprès, elle écrivit quelques mots. Tout cela s'était accompli, elle le croyait du moins, dans le plus parfait silence. Elle souffla sa chandelle, enfila un petit paletot ouaté que Valentine, avant de partir, lui avait taillé dans un vieux manteau de maman Nette. Sur sa tête, elle mit le grand fichu posé en pointe, dont, après l'avoir croisé sur sa poitrine, elle noua par derrière les deux bouts; ainsi accoutrée, elle sortit de la maison. Juste à ce moment, l'horloge à poids de la cuisine décrocha le coup de cinq heures.

Rasant les murs, la petite fille atteignit les champs sans avoir rencontré autre chose qu'un vieux chat, efflanqué et roux, qui cherchait fortune. Autant, pendant la belle saison, le villageois est matinal, autant l'hiver, il s'attarde volontiers dans la tiédeur de son lit.

« Le plus difficile est fait », pensa-t-elle. Et son cœur battit de joie.

Allègrement, Marthe arpentait la grand'-route, les yeux levés sur le ciel qui blanchissait. Là-haut tournoyait un vol de gros oiseaux noirs. Et devant elle, à droite et à gauche, s'étendait, à perte de vue la forêt; la forêt, but de sa course.

Depuis une minute, un pas léger se faisait entendre derrière elle : quelque vieille femme allant de bonne heure à la clairière, faire un fagot de bois sec.

Mais tout à coup, sur sa main qu'en marchant elle laissait pendre le long de son corps, elle sentit passer un souffle chaud : deux pattes noires dressées s'appuyèrent contre elle.

« Calypso, bonne petite bête! Comment as-tu fait?...

— Comment elle a fait pour s'échapper? dit la voix de Riquet. C'est moi qui lui ai ouvert la porte.

— Riquet, mon Riquet! et toi aussi! »

Après avoir embrassé la petite chienne, elle saisit les deux mains de son frère de lait : il était là, chaussé de ses plus forts souliers à clous, les épaules couvertes de son collet, dont le capuchon pointu, à ce que disait Marthe, le faisait ressembler à un saint Nicolas de pain d'épices.

« Mais par quel miracle, mon Riquet? Comment as-tu su?... »

L'air moitié content, moitié fâché, Riquet la regardait sans répondre; tandis que Calypso, ravie de cette promenade matinale, lançait aux échos d'enthousiastes jappements.

« Comment j'ai su que mademoiselle se sauvait de la maison? Voilà! Riquet n'est pas si bête qu'on le croit; il remarque les airs qu'ont les petites demoiselles, et quelquefois Riquet devine les choses.

— Pas possible que tu aies deviné, mon Riquet; je ne me suis décidée que pendant la nuit.

— Alors, j'ai deviné à l'avance, ce qui signifie que je suis un fier devin! En tout cas, je vous ai rattrapée, mademoiselle la voyageuse; je vous tiens, et vous allez me faire le plaisir de retourner à la maison, avec Calypso qui vous conduira. Si vous m'aviez fait l'honneur de me confier vos projets, je vous l'aurais dit tout de suite : ce n'est pas vous qui ferez la course, c'est moi, Riquet. »

Un beau sourire illuminait la face ronde du bon petit garçon. C'en était fait : dans son esprit enclin à voir le bon côté des choses, le contentement l'avait emporté sur la fâcherie. Mais le laisser partir à sa place et retourner seule à la maison, ceci ne faisait pas le compte de Marthe.

« Non, mon Riquet, non, tu ne peux pas comprendre, vois-tu! Moi, j'ai tant réfléchi à tout cela, toute cette nuit! Je me disais bien : Ce serait mal de donner du souci à maman Nette, à qui Valentine m'a confiée; aussi, ma première idée avait été d'envoyer quelqu'un là-bas, mais qui? Le père Laquille est cloué par son rhumatisme; M. le Curé marche trop mal. Parler à M. le Maire, c'était dénoncer les autres... ceux qui vont à Dun..., et dénoncer, ce n'est pas mon fort. J'ai bien pensé à toi, mon Riquet : mais te pousser à marcher sans le dire à tes grands-parents, était-ce délicat? D'un autre côté, leur demander sagement la permission, c'était tout faire manquer. Moi, au contraire, il m'a semblé qu'en ce moment, je n'appartenais à personne, qu'à mon cher pays! Par la force des choses, je suis libre comme cette alouette qui plane là-haut! Et puis, vois-tu, je me sentais responsable, je me disais : Si je n'avais pas tant effrayé les gens d'ici, en racontant les incendies de Voncq et de Falaise, peut-être tout ceci ne serait-il pas arrivé. J'ai passé une triste nuit, va, mon Riquet! Mais, à présent, je suis décidée, absolument. Rien ne me fera renoncer à mon projet, et c'est toi qui vas t'en retourner bien gentiment à la maison. »

Pendant ce discours de la petite fille, Riquet n'avait pas cessé un instant de la regarder droit dans les yeux. Il vit son visage s'illuminer, et, à mesure qu'elle parlait, son regard briller de plus en plus.

« Elle ne cédera pas », pensa-t-il, et, immédiatement, son parti fut pris. Vaguement, il comprenait que cette diversion serait salutaire à Marthe.

« Soit, volez où il vous plaira, mademoiselle l'alouette! mais, ne vous étonnez pas si je vous suis, comme Calypso me suit moi-même. Une petite fille s'en aller toute seule dans les bois, sans presque savoir son chemin, ce serait prudent! Quand nous serons revenus et que j'expliquerai la chose à maman Nette, elle me dira : T'as bien fait. »

Joyeusement, il fit claquer ses doigts en l'air, pour les dégourdir. Toute souriante, Marthe regardait le brave petit.

« Maman Nette, peut-être, dit-elle ; mais papa Richard, que dira-t-il?

— Papa Richard dira ce qu'il voudra... peut-être ne dira-t-il rien du tout. Au fond, il n'est pas plus fier que ça de ce que vont faire les autres. Seulement, il a peur pour la maison, la récolte et tout. Hier, il avait bu pour s'étourdir.... Mais nous marchons, nous marchons, tout en bavardant; où allons-nous? »

Marthe se mit à rire comme elle n'avait pas ri depuis longtemps.

« Puisque tu sais ce que nous allons faire, comment ne sais-tu pas où nous allons? Pour un grand devin, tu n'es pas fort. »

Le grand devin, qui marchait les mains enfoncées dans ses poches, s'arrêta :

« Si nous allons à la fontaine Saint-Dagobert, dit-il, nous nous emmanchons très mal. Mlle l'alouette croit bonnement qu'on peut passer par le sentier des champs, comme en plein été, mais point du tout. Par « l'humide » qu'il fait en ce moment, ce serait du propre! nous enfoncerions dans la glu jusqu'au-dessus des oreilles. Il nous faut nous retourner, aller prendre d'abord la route de Louppy, et puis le chemin de voiture qui prend à droite et nous mène à la grande clairière, en traversant la route de....

— Allons par où tu voudras, mon Riquet! Vois quel service tu me rends pour commencer! Sûr que j'aime mieux t'avoir avec moi que d'aller seule. Pourvu seulement que maman Nette ne se fasse pas trop de souci. »

De nouveau, Riquet fit claquer ses doigts, signe d'allégresse. Calypso, ivre de grand air, bondissait en avant comme une petite folle.

« Elle est bonne française, elle aussi, remarqua Riquet; vois le plaisir que ça lui fait d'aller là-bas! »

Il raconta comment lui était venu le soupçon de ce que méditait sa petite sœur.

« Hier soir, tu as tant pleuré à l'église... tu pleurais comme la gargouille du toit, tu sanglotais comme le vent sous le grand portail.... La tempête d'un côté, toi de l'autre, vous faisiez un train! Et à la veillée, pas un mot, tu regardais le feu, comme on dit que les serpents regardent les oiseaux qu'ils veulent fasciner : tu tournais dans ta tête des choses, ça se voyait. Alors, moi aussi, une fois couché, je me suis mis à ruminer tout ça dans ma cervelle... et je n'ai quasiment pas dormi. Je sentais que quelque chose allait arriver. Vers le matin, cri, cri, croc, croc! J'entends crisser la porte de la cuisine; oh! pas bien fort, on faisait doucement, on se disait : Ne réveillons pas le chat qui dort! Heureusement, il ne dormait pas, le chat! Je me dresse sur mon lit, j'écoute, je comprends tout. Je m'habille en un temps trois mouvements, je me faufile à la cuisine, et sur le dressoir, je vois l'écriture de mademoiselle : « Pendant que deux garçons iront prévenir les Allemands, une petite fille ira prévenir les Français. » Je me dis : « C'est bien tapé ! En voilà de la crânerie pour une gamine ! » Et sans faire ni une ni deux, j'écris au-dessous : « Ne vous tourmentez pas, je lui cours après !... » D'après ça, ils doivent s'attendre à nous

rejetait au milieu de la route et sautait dans le fossé.

« Marthe, vois donc ! Est-ce que ce n'est pas... mais si, pour sûr ! C'est notre Coco, notre pauvre Coco, qui est blessé ! »

Tous les pigeons de maman Nette s'appelaient Coco. Avec d'infinies précautions,

« Je me faufile à la cuisine. »

voir « rarriver » d'une minute à l'autre. »

Se regardant, ils se mirent à rire :

« Nous « rarriverons », mais pas avant ce soir ou demain matin. Ici, Calypso ! »

Au lieu d'obéir, la petite chienne, en arrêt près du fossé, continuait d'aboyer furieusement.

« Elle guette un rat ou une taupe, dit Riquet. Elle aime tant chasser.... »

Pour voir, il s'avança de quelques pas, et tout aussitôt poussa un cri.

« Oh ! Marthe, Marthe, approche donc ! Calypso ! vas-tu finir, vilaine bête ? »

Il attrapait la chienne par son collier, la

Riquet avait pris dans ses deux mains la petite bête.

« Il a des plumes cassées, pauvre petit ! Il était tombé là et il y serait mort de faim, sans Calypso ! »

Pâle d'émotion, Marthe reconnaissait le ruban bleu attaché par elle au cou du pigeon, le jour du départ de Valentine.... Celle-ci avait promis de lâcher la petite bête au lendemain de son entrée dans Verdun ; si elle l'avait fait, le pauvre Coco avait dû chercher son chemin bien longtemps, puisqu'il y avait de cela plus de trois semaines. Dans son passage au-dèssus des lignes ennemies, un coup de fusil allemand l'avait atteint; cependant, vaillant et fidèle, il usait le reste de ses forces à rechercher son pigeonnier!

« Mets-le vite sur mes genoux, » dit Marthe en s'asseyant au bord du fossé.

Et, sans écouter les protestations de Riquet qui gémissait que l'herbe était tout humide, elle délia doucement le ruban bleu : un petit papier roulé était attaché par-dessous. Quel battement de cœur en dépliant ce papier!

A haute voix, Marthe lut :

« Ma chérie, mes bons amis, je suis arrivée sans nul encombre. J'ai trouvé père à peu près guéri de sa blessure qui est au bras; mais, vois-tu, petite sœur aimée, tu as bien fait de me laisser venir, car il avait besoin de n'être plus seul. A présent que je suis là, tout ira bien. Ne t'inquiète pas de nous, en cas de bombardement, les souterrains de l'évêché me sont ouverts et on y est en pleine sûreté. J'ai retrouvé ici la bonne Catherine qui nous sert, papa et moi.

« Je vous embrasse de toute mon âme. Au revoir, quand Dieu voudra! Qu'il dirige vers vous le vol de mon petit messager, comme il m'a dirigée moi-même hier, c'est ce que je lui demande du fond du cœur. — Valentine. »

Au-dessous, le père avait ajouté deux mots :

« Merci, ma courageuse petite fille, de m'avoir envoyé ta grande sœur. Espoir et courage, et vive la France! »

Puis, de nouveau, une ligne de l'écriture de Valentine :

« Que Riquet se souvienne de veiller constamment sur mon trésor. »

VIII

Dans un élan de joie folle, Riquet se mit à danser une gigue au milieu de la route. A le voir, coiffé de son capuchon à longue pointe et battant l'air de ses deux bras, frénétiquement, on eût dit un de ces gnomes des légendes germaniques qui, après avoir vidé leurs sacs d'or, dansent sur la dune. Marthe, baisant et rebaisant la tête du pigeon, pleurait.

« C'est pas tout ça, dit Riquet, s'arrêtant brusquement devant elle. Les embrassades, c'est de la viande creuse et m'est avis que Coco a faim. Mais mamz'elle Marthe a pensé à tout, excepté à l'essentiel. Gageons qu'elle était partie sans rien emporter à se mettre sous la dent. »

En effet, Marthe, l'esprit rempli de préoccupations plus hautes, avait complètement négligé la question du déjeuner. Heureusement, Riquet avait eu soin de s'emparer d'un « michot » et de deux œufs durs, restés du souper de la veille. Un peu de michot émietté reçut de Coco le meilleur accueil.

« Nous, mangeons le reste, dit Riquet. Mais, vraiment, Coco méritait bien d'être servi le premier. »

Il y avait longtemps qu'on n'avait fait un repas si joyeux. Marthe avoua qu'elle avait agi en hurluberlu de partir sans emporter même un croûton de pain; mais, bast! ce qui arrivait montrait qu'elle avait eu raison de se fier à la Providence et de compter sur l'imprévu. Voilà que tout lui tombait du ciel à la fois, l'excellent Riquet et le cher pigeon, l'oiseau béni qui apportait dans son duvet blanc de si bonnes nouvelles!

« Quel beau jour ce serait, mon Riquet, si seulement on n'avait pas cette pensée si triste de la reddition de Metz!... »

Riquet fit les gros yeux, tira la langue et frappa le sol de ses gros souliers à clous.

« Zut! lança-t-il avec énergie. Zut pour le journal, pour ceux qui l'ont acheté et pour ceux qui croient les âneries qui sont dedans! Metz rendu! c'est des blagues, tout ça! »

Le déjeuner fini, on s'était remis en marche, le pigeon toujours dans les bras de Marthe qui continuait à baiser sa petite tête remuante. Cependant, on ne pouvait pas songer à contituer le voyage avec ce colis plutôt encombrant; et lâcher la petite bête, c'était cruel.

« Après ce qu'elle a fait pour nous, disait Marthe, l'abandonner, ce serait un crime. Elle n'est pas fort blessée, et, avec du repos, elle guérira; mais tout de même, elle vole mal et elle est à bout de forces.... »

Tout bien pesé, on décida de demander, pour elle, l'hospitalité dans une ferme dont, à quarante mètres de la route, on voyait fumer le toit moussu. L'histoire, racontée en deux mots, fit ouvrir à la fermière des yeux énormes : c'était donc vrai, ce qui se racontait des pigeons voyageurs? Elle appela tout son monde, et chacun ayant vu de ses yeux la lettre de Valentine, Coco devint une manière de héros; l'aîné des enfants le porta dans sa couchette encore chaude, l'autre courut lui chercher du petit blé. On pouvait donc le laisser là, sans inquiétude aucune, jusqu'au retour. Bien vite, on arriva au chemin de traverse qui, sans être propre, était praticable. Riquet promettait que de ce pas-là, on serait avant midi à la fontaine Saint-Dagobert; cependant, par précaution, il avait acheté pour quatre sous de pain aux braves gens de la ferme.

Arrivés à la grande clairière, on s'arrêta pour souffler.

« C'est ici, dit Marthe en souriant, que sans toi, mon Riquet, je serais terriblement embarrassée, puisque jamais je n'ai été jusqu'au cœur de la forêt. Mais, avec toi, ça ira tout seul. D'abord, notre entreprise est protégée d'en haut, et ce qui le prouve, c'est l'arrivée miraculeuse de Coco. Tu n'ignores pas, je pense, que le pigeon est la figure du Saint-Esprit.

— Coco peut s'en faire accroire, alors. Malheureusement, si le pigeon porte bonheur, les corbeaux font le contraire, m'a-t-on dit. »

Le nez en l'air, il regardait tournoyer les vols croassants sur les nuages blanchâtres; nullement superstitieux, en réalité, il s'inquiétait beaucoup moins des corbeaux que de cette couleur blafarde du ciel :

« Si, tout à l'heure, il va nous neiger dessus, se disait-il, ça ne sera pas drôle. »

Mais, trop avisé pour inquiéter d'avance sa compagne, il gardait pour lui-même ses réflexions. Toute à la joie, Marthe ne s'occupait ni des corbeaux, ni du temps, ni de rien au monde, n'ayant souci que d'avancer, d'arriver au plus vite et de crier : Alerte! aux braves garçons qu'on devait trouver là-bas.

« Penses-tu que nous pourrons rentrer ce soir à la maison, mon Riquet? »

Certes, Riquet l'espérait, il y comptait même absolument. Cependant, on marchait mal dans le chemin forestier, tout en ornières, et quelles ornières!

« A engloutir un bœuf », disait Riquet.

Par endroits, elles se présentaient remplies d'une eau saumâtre, refuge assuré des petits crapauds que les enfants, à leur passage, faisaient lever sous leurs pieds. D'ailleurs, pas un être humain, pas un bruit dans la forêt morte, dont les arbres dénudés semblaient autant de squelettes. Seuls, les grands chênes avaient conservé leur vêtement de feuilles, mais à quoi bon? Le bel habit vert de l'été n'était plus qu'un triste manteau de rouille.

Plus on avançait, plus le sol détrempé devenait spongieux, gluant. Riquet grognait contre les petites bottines de son amie : à la bonne heure, ses propres souliers, épais, solides, larges et carrés du bout! On les eût crus taillés dans du cuir d'hippopotame; leur semelle était renforcée par des chevilles à têtes, larges comme des pièces de dix sous.

En riant, Marthe protestait qu'elle ne sentait ni l'humidité ni le froid.

Les joues de Marthe, pâles d'habitude, étaient, en ce moment, toutes roses : la regardant par hasard, Riquet la trouva jolie. Lui-même se sentait tout joyeux et comme soulevé de terre; un sang plus chaud lui arrivait à la poitrine, à l'idée qu'il servait le pays. Le pays! ses malheurs, jusqu'à ce jour, n'avaient pas grandement troublé la quiétude de Riquet. Tout ça, ça ne le regardait guère; n'y pouvant rien, pourquoi s'en serait-il préoccupé? Et voilà que, tout à coup, la parole et l'exemple d'une petite fille éveillaient, au fond de lui-même, une foule de pensées, de sentiments inconnus. Hier encore, si quelqu'un lui eût dit qu'il était parfois agréable de souffrir, qu'on pouvait être plus content de marcher dans un chemin plein de boue jaune que de

LE JEUNE HOMME GARDAIT UN SILENCE FAROUCHE.

manger un bon café au lait près d'un bon feu, il eût pensé qu'on voulait rire. Aujourd'hui, pourtant, que faisait-il? Il pataugeait dans la terre humide, sans rien dans l'estomac, qu'un croûton de pain, et il était content. Marthe n'avait donc pas tort dans ce qu'elle disait.

Se réchauffer le cœur d'un peu d'enthousiasme patriotique, n'était assurément pas inutile. L'air de ce matin d'octobre était morfondant; en fait de lumière, le ciel ne donnait que ce qu'il lui était impossible de refuser; et voilà que dans la buée bleuâtre qui noyait toute la forêt, commençaient à voltiger de petites mouches de neige.

Quant au chemin, bientôt il ne fut plus qu'un marécage; on constata l'impossibilité de le suivre plus longtemps. Le petit « rupt », inoffensif dans la belle saison, avait probablement débordé. Il fallait donc remonter jusqu'à la clairière et, en prenant, l'une après l'autre, les grandes tranchées qui divisent la forêt, arriver à Saint-Dagobert en faisant le grand tour. Près du petit étang formé par le rupt, on trouverait un pont; mais, tout ceci représentait, pour le moins, une marche de six à sept kilomètres.

« Qu'est-ce que ça nous fait? » dit Marthe.

Aussitôt, Riquet tourna bride, et, les mains au fond des poches, reprit le chemin en sens inverse.

Tout en sifflotant la *Marseillaise*, il mûrissait dans sa cervelle une idée qu'il mit au jour aussitôt qu'on eut rejoint la clairière. Cette idée, c'était de persuader Marthe de retourner à la maison, tandis qu'il irait seul, lui, jusqu'où il faudrait. Une petite fille était incapable de faire le grand tour; elle n'était pas, d'ailleurs, équipée pour une pareille expédition; sûr que, déjà, elle avait les pieds trempés dans ses petites bottines?

Pour toute réponse, Marthe entra la première dans la tranchée qui s'ouvrait, large et régulière, dans la forêt sombre. Elle le voulait, soit! Du moins, lui, Riquet, n'aurait rien à se reprocher, puisqu'il avait averti. Vraiment, papa Richard avait bien raison de dire : « Ce que femme veut, Dieu le veut.... »

IX

Lorsque la nuit, qui en octobre descend de bonne heure, commença d'envelopper la forêt, les deux enfants se trouvaient encore assez éloignés du but. Ils avaient cependant marché sans défaillance, s'arrêtant à peine, une ou deux fois pour s'orienter, une autre fois, vers midi, pour manger les œufs durs et le pain acheté à la ferme : mais, malgré toute sa bonne volonté, Marthe n'avançait pas vite.

« Tu as mal aux pieds? demandait Riquet. Voilà que tu boites.

— Oui, j'ai mal aux pieds, très mal. Je dois avoir des ampoules qui se seront écorchées.

— Sapristi! comment ferons-nous alors?

— Nous ferons comme si je n'avais pas mal aux pieds; et, une fois rentrés chez maman Nette, je soignerai mes ampoules. Tu vois toujours bien ton chemin, dis, mon Riquet?... »

A cette question, posée à chaque demi-kilomètre, Riquet avait toujours répondu avec une assurance qui ne laissait point de doute : mais cette fois il parut à Marthe qu'il mettait moins de crânerie dans son affirmation.

« Écoute, fit-il tout à coup, s'arrêtant brusquement et se campant devant la petite fille. Nous devons être à la hauteur de la fontaine, ce qui veut dire qu'il nous faut laisser la tranchée, et entrer sous bois, à droite. Voici justement un sentier qui, on peut l'espérer, conduit aux huttes. Si les francs-tireurs sont vraiment dans la région, c'est là qu'ils doivent venir s'abriter pour la nuit. En plein jour, je me ferais fort de trouver les huttes, que je connais bien : je suis venu plus d'une fois à la charbonnerie, avec papa Richard. Mais, comme tu le vois, le jour tombe; la brume qu'on voyait bleue dans le fond de la tranchée, a tourné au noir. Dans une demi-heure, ce sera la nuit, la nuit serrée. Je ne veux pas te tromper, ma pauvre Marthe : par la nuit je ne te conduirai pas aussi sûrement que j'ai fait jusqu'à cette heure. Es-tu d'avis de prendre le sentier quand même?

— Et si nous ne le prenions pas, que ferions-nous, mon Riquet? Il est trop tard pour reculer, n'est-ce pas? Du reste, reculer, nous n'y pensons guère. En avant donc, et Vive la France! »

Résolument, ils entrèrent sous bois. puisqu'il fallait souffrir, quelle nécessité de souffrir à deux?

Comme si elle eût deviné ses pensées, Marthe dit tout haut :

« Malgré tout, depuis le commencement de la guerre, je n'ai jamais été si contente que ce soir. »

Être englobée dans la catastrophe, être

Une masse noirâtre traverse le sentier.

« Bon! la neige, à présent », grogna Riquet.

En effet, de gros flocons qui tombaient drus avaient remplacé les petites mouches voltigeantes.... Il fallait, pour ne pas perdre le sentier, une attention de toutes les minutes. Et ce sentier lui-même, était-on bien sûr qu'il conduisait où il fallait? Avec un soupir rentré, Riquet se disait que, si elle l'eût écouté, Marthe serait à présent à Juvigny, près du feu de maman Nette : chose admirable, il ne regrettait que pour elle les délices de la maison; emportée par le tourbillon au lieu de le voir passer à distance, cela lui plaisait, à cette petite.

Elle ne se demandait même plus, si ce qu'elle faisait serait utile, si elle atteindrait, oui ou non, ceux qu'elle allait prévenir. Comme va le petit pioupiou, qui suit le drapeau sans savoir où on le mène, elle allait, confiante et courageuse, et réconfortée à chaque instant par la joie de l'action.

Légère et molle, la neige, implacablement, tombait. Sous son capuchon tout constellé, Riquet ressemblait maintenant au bonhomme Noël. Près des enfants, une petite chose blanche avançait, semblait rouler dans le sentier : Calypso, la tête basse et la queue entre les jambes. Qui sait quelles pensées s'agitaient dans son obscur entendement de bête, et quel jugement sévère elle portait à part elle sur ceux qui l'avaient entraînée dans une pareille aventure? Oubliait-on qu'elle avait marché toute la journée, sans une lampée de soupe! La soupe! D'autres que Calypso y pensaient aussi....

« Tu as bien faim, mon pauvre Riquet?

— Dame! l'œuf dur est dans les talons, depuis un moment. »

La nuit, qui descend toute noire, semble lutter avec la neige, si blanche : à l'envi l'une de l'autre, elles enveloppent la forêt, font tomber autour des enfants un silence de plus en plus lourd.... A quoi bon continuer de marcher? si on était dans le bon chemin, on serait arrivé depuis longtemps.

Cette idée les fait s'arrêter dans le sentier, tout près l'un de l'autre :

« Tu n'en peux plus, ma pauvre Marthe. Et moi je ne sais plus rien de rien. Veux-tu nous accroupir au pied d'un arbre et attendre qu'il « refasse » jour?

— Je veux bien », répond Marthe, résignée.

Mais qu'arrive-t-il? Un froissement de feuilles sèches, un bruit de branches qui craquent.... Calypso, ragaillardie, se met à japper.

« Qui va là? » demande la voix émue de Riquet.

Pour toute réponse, un grognement sourd. Puis une masse noirâtre, labourant la neige, traverse le sentier devant les enfants : un sanglier, un gros sanglier regagnant sa bauge.

« Chance qu'il a, ce citoyen-là, de rentrer chez lui, » murmure Riquet.

S'il essaie de plaisanter, c'est pour cacher son inquiétude. Le sanglier n'attaque pas quand il n'est pas attaqué lui-même, il le sait; mais la vue de l'animal l'a fait souvenir de ceci, qui n'est pas couleur de rose : c'est que dans la forêt de Woëvre, il y a des loups. Instinctivement, il tâte au fond de sa poche son petit couteau.... Enfantillage! les loups vont par bandes... contre eux, il ne pourra rien. Déjà il lui semble voir briller leurs yeux de braise, dans la profondeur des ténèbres.... Qui sait quels périls recèle encore la forêt mystérieuse? Coûte que coûte, il faut trouver un abri. Hélas! pendant cet instant d'arrêt, la petite fille a laissé fuir le peu qui lui restait de force :

« Je savais bien, gémit-elle, que si une fois je m'arrêtais, je ne pourrais plus repartir! Mettons-nous accroupis comme tu disais, mon Riquet.... »

Non pas. Riquet a changé d'avis. Que Marthe s'accroupisse seule, lui battra le bois aux alentours, en criant, appelant, faisant le diable.

« Comme cela, si les francs-tireurs sont à petite distance, ils risqueront de m'entendre. »

Cela, c'est une idée d'or. A peine seule, Marthe tire ses souliers, puis ses bas, qui sont trempés. Oh! la bienfaisante sensation, celle de cette neige, molle et froide, sur les pieds meurtris! Marthe en mourra peut-être, comme on dit que mouraient en Russie les grognards de Napoléon, mais pour le quart d'heure, quel soulagement! Au pied d'un hêtre, la petite fille s'accroupit, et, les yeux clos, les mains jointes sous son châle transpercé, se met en prières :

« O Dieu, qui êtes la force et l'appui de ceux qui espèrent en vous.... »

L'heure est tragique, et cependant une inexprimable paix, mêlée d'une fierté douce, descend dans l'âme de l'enfant. Si la mort vient la prendre là, sans qu'elle ait accompli ce qu'elle avait à faire, du moins elle aura, comme tant de braves, fait tout ce qu'elle pouvait; elle aura lutté jusqu'au bout de ses forces, jusqu'au delà.

Cependant la forêt retentit des appels de Riquet : la voix s'éloigne, puis se rapproche.... Marthe, de son côté, fait : hou, hou! de temps en temps... et voici tout à coup le petit garçon qui, précédé de Calypso, revient en courant.

« Marthe, Marthe, lève-toi et viens! les huttes sont là, j'ai vu du feu! »

En parlant, il se tâte le front, car dans sa hâte il s'est heurté contre plus d'un baliveau : peu importe! fou de joie, il continue à crier :

« Les huttes sont là! marchons, marchons! »

A grand'peine, la petite fille se met debout. Pieds nus, elle marche en boitant, appuyée à l'épaule de Riquet. En vain, ses yeux écarquillés cherchent le feu, le feu sauveur auquel elle n'ose croire.

« Était-il encore loin, ce feu, mon Riquet?

— Je ne sais pas.... Je n'ai pas vu au juste, tu comprends... et tiens, le voilà encore, mais de l'autre côté, cette fois-ci! »

Marthe, qui n'a rien vu, pousse un long soupir : comment croirait-elle à ce feu qui se déplace?

« Tu t'es trompé, mon Riquet; il n'y a point de feu. Quand on est si fatigué, vois-tu.... »

Du coup Riquet se met en colère : si on croit qu'il a la berlue, qu'on le dise!

Il s'arrête et serre le bras de Marthe, si énergiquement qu'elle pousse un cri : oui, elle a vu, cette fois! on dirait un feu follet qui sautille dans la nuit noire... par où il passe on voit étinceler la neige....

« Hou, hou, la la la ou! »

On avance, tout en « houppant », sans souci des broussailles épineuses, et sans plus s'inquiéter de suivre le sentier.... Marthe a rassemblé tout son courage, Riquet la traîne... on avance, cahin, caha, dans la direction du feu follet....

Enfin une voix, une voix humaine! a répondu à leurs appels.

« A nous! crie Riquet, de toute la force de ses poumons. A nous, amis! Vive la France! »

Et voici un bruit de branches remuées, pareil à celui que faisait tout à l'heure le sanglier. Deux formes noires surgissent, et, balancé au bout d'un bras vigoureux, un énorme falot projette sur les enfants une lumière qui les aveugle, mais les ravit!

« Tiens! s'écrie le porteur de lanterne, d'un ton qui laisse deviner toute sa surprise : Des gosses! »

X

Cinq minutes plus tard, Marthe, affalée sur un tas de fougères sèches, tendait ses pauvres pieds vers un foyer rougeoyant. Car dans cette hutte, ouverte au sommet à la manière des Lapons, il y avait du feu nuit et jour.

« Vite, au quartier général! » avait dit l'un des hommes, sérieusement, tant parmi eux la plaisanterie était devenue classique.

Et les enfants, introduits dans la plus grande des huttes, y trouvaient enfin repos et sécurité. Un palais, cette logette de branchages tressés autour de longs piquets solidement fichés en terre! mais palais dans lequel, à moins de se placer juste au point central, il était impossible de se tenir debout.

Assis en face de Marthe à la façon des tailleurs, l'homme à la lanterne la considérait, bouche bée.

Effarement, sympathie, envie de comprendre, il y avait de tout dans le regard qu'il attachait sur la petite fille. L'autre, un grand diable à la carrure athlétique, avait couru raconter aux copains la chose incroyable : deux enfants, dont une petite demoiselle, toute fine, qui leur tombaient du ciel, avec la neige!

En un instant, l'entrée du quartier général — une baie large d'un mètre carré environ — fut garnie de têtes curieuses.

« Cause donc voir, l'avocat! » dit quelqu'un. Et là-dessus, l'homme à la lanterne, retrouvant enfin quelque chose de la verve qui lui avait valu son surnom, interrogeait :

« Pour lors, mademoiselle, et toi, mon gars, nous devons supposer que vous avez perdu le nord, en d'autres termes que vous vous êtes fourré le doigt dans l'œil, pour ce qui est de trouver votre direction, par ce temps de neige.

— Tout au rebours! s'écria Riquet qui justement sentait naître en lui une légitime fierté, pour avoir flairé si juste l'emplacement de la charbonnière. Nous sommes ici, parce que nous avons voulu y venir. Mais parle, toi, Marthe. »

Dans sa petite âme honnête, un scrupule naissait : ce n'était pas lui qui devait avoir l'honneur de terminer l'entreprise, puisque c'était une autre qui avait eu le courage de la commencer.

Un flot de joie surnaturelle inondait l'âme de Marthe, tandis que d'une voix très douce elle disait :

« Nous sommes venus vous avertir, mes amis... les Prussiens savent que vous êtes à la fontaine Saint-Dagobert, ils vont vous chercher probablement. Bien vite il vous faut aller ailleurs.

— Comprenez-vous? ajouta Riquet. Elle était partie toute seule, avant le jour. Mais je lui ai couru après, et heureusement, je l'ai rattrapée. »

Tout en parlant, il avait, par hasard, les yeux sur la figure rougeaude de l'avocat : comme en un livre ouvert, il y lut une indicible stupéfaction.

Dans le groupe des jeunes gens massés devant la porte, une rumeur courut : rumeur d'étonnement, d'admiration, de reconnaissance! Ainsi c'était pour eux que cette gamine avait risqué sa vie, dans la forêt glacée et pleine de périls!

D'un bond l'avocat s'était trouvé debout, heurtant du front, au risque de le défoncer, le toit de la hutte. Sans politesse, il interpellait ceux du dehors.

« Ohé! les abrutis, les feignants! Grouillez-vous, tas de bons à rien! Elle est trempée, elle n'en peut plus, cette petite! Trouvez-moi des pommes de pin pour ce feu. Vous avez faim, pour sûr, mademoiselle? Vite la cantine! Et cherchez-moi de l'eau fraîche à la fontaine! Bon sang de bon sang, si c'est possible! Une petite fille, par la nuit, et d'un temps pareil! »

En un clin d'œil, voilà le feu ranimé, des pommes de terre brûlantes tirées de dessous la cendre.... Les hommes s'agitent, s'empressent : l'un court chercher l'eau fraîche, l'autre apporte, dans une gamelle, un reste de lentilles cuites. Celui-ci est allé prendre, dans une autre hutte, une vieille couverture; celui-là, — plus chic! — s'est dépouillé de sa grande capote et la présente :

« Il vous faut enlever votre « cotte » mouillée, mademoiselle, et vous envelopper avec ceci. »

Aussitôt trois autres capotes sont lancées aux pieds de la petite fille.... On est chevalier français, que diable! Avec joie, tous se dépouilleront, si elle veut!

Marthe, au comble de l'émotion, ne trouve pas une parole; le long de ses joues elle sent rouler de grosses larmes.... Ah! si elle méritait une récompense, elle l'a reçue!

Assis près d'elle, Riquet la contemple avec orgueil....

« Un peu de café, mademoiselle? Oui, c'est ça qui vous réchauffera le cœur.... Coquin de sort, de n'avoir pas un bol de bouillon! ni même un morceau de pain!

— Du pain, le général va peut-être en rapporter, dit une voix.

— Le général? répète Riquet, dont la voix, d'instinct, s'est faite respectueuse.

— Oh! faut s'entendre; notre général, à nous, n'a pas de graine d'épinards; mais c'est le chef, et sur un mot de lui on se ferait casser les os. Ce soir il est sorti du bois, comme on dit que fait le loup, pour chercher de la pâture; parce que faut vous dire : — c'est un malheur, — mais notre boulanger ne porte pas à domicile. »

Une fusée de rires jeunes accueillit ce discours : l'ouverture de la hutte, toujours garnie de visages, s'illumina : ce diable d'avocat, qu'il avait d'esprit!

Cependant Marthe, tout en buvant à petites gorgées le café brûlant, songeait à l'essentiel :

« Mes amis, ne perdez pas de vue ce que nous sommes venus vous dire; il faut penser à vous et ne pas vous laisser surprendre ici. Vous savez que quand ils les prennent, les Prussiens fusillent les francs-tireurs. »

L'avocat, qui dépouillait une pomme de terre cuite sous la cendre, grimaça drôlement :

« Fusillera bien qui fusillera le dernier. S'ils viennent nous faire visite, on est bon pour les recevoir.

— Voulez-vous donc les attendre? mais ce serait folie! S'ils viennent, ils seront en force; ils sont si nombreux, partout! »

Dans les yeux de la petite fille, il y avait de l'angoisse. Ces garçons allaient-ils, par un absurde point d'honneur, se laisser massacrer par un ennemi dix fois voir la France si malheureuse, soupira Marthe.

— Il y a de ça, il y a de ça, pour sûr... cependant nous croyons qu'il y a autre chose encore. En tout cas, ma petite demoiselle, vous comprenez que nous ne pouvons rien décider avant qu'il soit de retour.

Le survenant était un grand et beau garçon.

plus fort, et rendre inutile ce qu'elle avait souffert pour les sauver?

« Oh! moi, dit l'avocat, je n'ai pas d'idée là-dessus; seulement, je connais le général. Je sais qu'il a juré de ne jamais reculer devant le Prussien, et que, plus le danger est grand, plus ça le botte... on peut parler comme à un homme, à vous qui êtes si vaillante : eh bien! entre le général et nous autres, il y a la différence que voici : nous autres, vous voulons bien claquer, mais nous n'y tenons pas essentiellement : le général, lui, y tient.

— Peut-être ne peut-il pas supporter de

— Et quand ça, demanda Riquet, sera-t-il de retour?

— Mais, tout de suite, mon garçon : il devrait déjà être rendu! C'était pour lui faire signe que nous promenions le falot, tout à l'heure; au lieu de lui, c'est vous qui avez rappliqué.... A propos, vous autres? Quelqu'un s'occupe-t-il à présent de faire signe au général?

— Oui, répondit une voix du dehors. L'Enragé y est, avec Toutou bon chien.

— Vous avez un chien? » demanda Riquet. Et regardant Calypso qui, faute de mieux, reniflait sur une pomme de terre, il ajouta : « Ce sera un camarade pour le nôtre. »

De nouveau un accès de gaieté secoua la garnison de Saint-Dagobert. Toutou bon chien était l'un des leurs, un brave garçon, ainsi surnommé à cause de son penchant à adopter les idées d'autrui.

Une demi-heure, environ, s'écoula. Marthe, dans l'atmosphère surchauffée de la hutte, commençait à somnoler sur son tas de fougères sèches.... Mais la voix de l'avocat, qui, sorti depuis quelques minutes, revenait, la tira de son repos :

« Je le disais bien! criait-il. Le général ne veut pas entendre parler de s'esbigner! »

Une autre voix, dont le timbre la fit tressaillir de la tête aux pieds, demandait :

« Et alors, où est-elle, cette petite fille? »

Vivement, Marthe se leva et pencha la tête hors de la hutte. La lumière du falot balancé par l'un des hommes éclairait en plein la figure du survenant, grand et beau garçon que, du premier coup d'œil, elle reconnut : le chef des francs-tireurs, celui qu'on avait surnommé le général, celui qui avait juré de ne jamais reculer devant le Prussien, c'était l'ancien fiancé de Valentine, c'était Louis Leblanc.

XI

Lui aussi a reconnu la petite figure pâle, les yeux d'un bleu si pur....

« Marthe!

— Louis! »

Machinalement, il se découvre; machinalement aussi, il secoue les aiguilles glacées qui recouvrent sa chéchia, pittoresque coiffure tombée du front de quelque soldat d'Afrique, un de ces soirs où, suivant l'expression consacrée, il y a des casquettes de trop.

« C'est ta petite sœur? demande l'Enragé, qui a entendu le double cri.

— Ma petite sœur? non.... »

Puis, se reprenant :

« Mais si!... presque.... »

Ce trouble laisse deviner quelque mystère, et, discrètement, les braves garçons se retirent.... Riquet lui-même, sifflant Calypso, s'est glissé hors de la hutte. A présent Louis et Marthe, assis près du feu dont les flammes tombent, causent à demi-voix. A s'étonner, ils n'ont pas perdu beaucoup de temps : dans les jours troublés, où tout arrive, on ne s'étonne plus guère. Déjà, la petite fille a expliqué comment elle se trouve à Juvigny, chez maman Nette. Mais une vision flotte entre eux, un nom, dont il n'ose articuler les syllabes, est sur les lèvres du jeune homme :

« Valentine! »

Marthe, dont le cœur bat à se rompre, ajoute simplement :

« Et Valentine est à Verdun avec papa. »

Sur la figure expressive du franc-tireur, elle voit se refléter les émotions de son âme : pauvre Louis! comme il est maigre! Marthe se rappelle le discours de l'avocat : « Le général, lui, tient à claquer; » et, brusquement, elle comprend tout. Louis ne s'est pas consolé de la perte de Valentine, et voilà pourquoi il veut mourir, mourir en vendant chèrement sa vie. Mais sa mission à elle, n'est-ce pas de conserver à la France un tel soldat, et, avec lui, les autres, ces autres braves, soumis jusqu'à la mort au chef qu'ils se sont donné?...

D'une voix pénétrante, elle plaide la cause de la raison, du vrai patriotisme qui commande de ne pas sacrifier inutilement des vies précieuses. Elle ne demande pas, certes, qu'on se retire de la lutte! mais pourquoi se battre ainsi, en marge de la troupe régulière? pourquoi ne pas se soumettre, comme les autres, à une discipline? Ah! bien sûr!... si tout le pays se soulevait à la fois, si, prêt à repousser l'envahisseur, avec sa fourche à défaut de fusil, chaque Français se dressait sur le seuil de sa maison, ce serait noble, et ce serait beau! Que de fois Marthe avait souhaité voir cette chose! Mais puisqu'il n'en était pas ainsi; puisqu'au lieu de le suivre et de l'aider, le paysan effrayé reniait le franc-tireur... pourquoi le franc-tireur ne se joindrait-il pas à l'humble soldat de France, au petit pioupiou qui, derrière le drapeau, marche et obéit?

Les yeux sur le foyer où crépitaient les pommes de pin, le jeune homme gardait un silence farouche. Ces choses raisonnables que disait la petite fille, il les avait pensées plus d'une fois : cependant la douleur qui avait fait de lui un révolté l'avait maintenu dans son orgueil. Puisqu'on l'avait repoussé, puisque sa fiancée s'était détournée de lui, qu'on le laissât se terrer dans les forêts comme une bête fauve, et n'en sortir que pour mordre l'ennemi, fût-ce par derrière!

Pendant ces minutes de silence, la voix de l'avocat et des autres, en train de raconter à Riquet les exploits de la troupe, leur arrivait par bouffées :

« Sous les murs de Verdun, pour aider la garnison pendant une sortie... — diversion heureuse... — une belle nuit, deux canons encloués sur la côte Saint-Michel.... »

« Louis, dit Marthe d'une voix très douce, ne rendez pas inutile, en vous obstinant à rester ici, tout ce que nous avons souffert en venant vous avertir. »

Avec un beau sourire, qui rappela soudain à la petite fille le Louis d'autrefois, le jeune homme répondit :

« Quoi que je fasse, et quoi qu'il arrive, Marthe, chère petite Marthe, soyez bénie et remerciée! En ce jour vous avez bien mérité de la France.

— Si j'ai bien fait de venir, Louis, récompensez-moi en ne vous exposant pas inutilement.... On dit qu'une belle armée se forme à présent dans le Nord; allez la rejoindre; battez-vous en brave, comme fait papa... et après... plus tard... si Dieu a exaucé nos prières et vous a préservé de la mort.... »

Trop émue pour continuer, elle le regarde; de ses yeux suppliants de grosses larmes ont jailli.

Éperdu, il n'ose comprendre : comment cette enfant oserait-elle engager ainsi l'avenir? mais Marthe a aujourd'hui toutes les audaces.

« Si vous avez du chagrin, Louis, croyez-vous qu'elle n'en ait pas, elle? Combien de nuits elle a passées à pleurer, je le sais, moi. »

Sur le visage contracté du jeune homme passe un rayon de lumière :

« Oh! Marthe, vous êtes bien sûre? Vous croyez vraiment qu'elle a encore de l'affection pour moi? pourtant....

— Pourtant? répète Marthe qui sourit au milieu de ses larmes.

— Pourtant elle m'a laissé partir sans un mot de pitié, sans un regard!...

— Parce que, si elle avait laissé parler son cœur, il en aurait dit trop long, mon pauvre Louis.... Écoutez plutôt. »

Il s'est rapproché d'elle, et, tout bas, dans l'ombre qui, de plus en plus, envahit la hutte, elle lui raconte la conversation qu'elle a surprise, un soir dans le jardin. Valentine est une fille obéissante, et leur père, certainement, avait ses raisons.

Remué jusqu'au fond de l'âme, le jeune homme balbutie :

« Ses raisons... oui, sans doute! Et Valentine.... Oh! Marthe, dans ce temps-là vous n'étiez qu'une enfant devant laquelle on ne parlait pas de ces choses; mais ces mois de souffrance vous ont mûrie, et aujourd'hui vous êtes capable de comprendre. Oui, je le reconnais, j'ai eu des torts; avec des compagnons plus riches que moi, j'ai gaspillé ce qui devait servir à fonder une famille : j'ai joué, j'ai perdu.... Les remontrances que votre père m'a faites, — il en avait le droit, même le devoir, — mon orgueil m'a empêché de les accepter. Cependant, Marthe, sur le souvenir de ma mère, je vous le jure! jamais je n'ai rien fait de contraire à l'honneur, et jamais mon cœur n'a eu de pensées que pour Valentine. »

Avec quel respect plein de tendresse il a prononcé ce nom! Marthe, doucement, prend dans ses petites mains les mains, blanches autrefois, aujourd'hui déformées, calleuses, brûlées de poudre :

« Alors, Louis, tout peut se réparer, si vous ne vous obstinez pas dans votre orgueil! Vous qui croyez en Dieu, comprenez donc que c'est lui qui m'a envoyée vers vous ce soir!... C'est vrai, je suis venue, poussée par je ne sais quelle force mystérieuse.... Écoutez-moi, moi qui vous parle au nom de Valentine! Soumettez-vous, devenez un simple petit soldat de France, allez vous joindre à l'armée du Nord! »

Où donc cette petite fille a-t-elle appris à parler si fermement, avec une autorité qui, dans sa bouche de douze ans, étonne? Celui que les francs-tireurs ont appelé le général s'incline et baise les petites mains de celle qui vient lui prêcher l'humilité. Il lui semble qu'un ange est descendu de la voûte céleste pour lui rapporter tout ce qu'il avait perdu, l'espoir en l'avenir, la foi au bonheur.... Certes, aussi bien que tout à l'heure il se sent prêt à mourir pour la patrie! Plus que jamais il se sent brave; car s'il tombe à présent, ce ne sera point en maudit, en désespéré que personne n'aime....

« Il faut donc que je parle à mes hommes... » murmure-t-il.

Et à sa façon de prononcer ce mot : mes hommes, on sent à quel point il est « le général ».

Tandis qu'il se glisse hors de la hutte, Marthe, joignant les mains, remercie Dieu qui lui a donné la victoire.

XII

L'IDÉE d'aller rejoindre l'armée du Nord excita dans la troupe quelques murmures. Cette forêt où on avait vécu si pauvres, mais si unis, quelquefois sans pain, jamais sans courage, pourquoi la quitter? Deux surtout, l'Enragé, et un autre qui répondait à l'énergique surnom de Cogne-Toujours, ne se gênèrent pas pour émettre leurs objections.... Et puis, c'était-il pas drôle de voir le général caler comme ça, s'accorder aux idées d'une petite fille?

Louis, qui les entendait, leva la main pour demander le silence.

« En un temps où la France était plus envahie et plus à plaindre qu'aujourd'hui, dit-il, un de ses rois se soumit aux conseils d'une petite fille, et l'histoire dit qu'il n'eut pas à s'en repentir. La petite fille s'appelait Jeanne d'Arc, et, grâce à elle, le roi s'appela Charles le Victorieux. »

Le murmure commencé se termina en applaudissement : ainsi, en plus d'une circonstance, son esprit d'à-propos avait servi le général, l'avait aidé à retourner l'opinion de ses soldats.

En quelques mots, il exposa son plan : profiter de la nuit pour quitter Saint-Dagobert et gagner le bois de l'Embuscade, proche Montmédy. Déjà une fois on avait reçu l'hospitalité dans la maison forestière, chez la mère Michaud, la mère aux autres, comme on disait, vieille femme bonne comme le pain, brave comme Bayard. Depuis que son fils le garde s'était engagé comme volontaire, elle vivait seule, avec ses quatre chats et ses trois chiens, dans cette maison perdue au milieu des bois. On passerait chez elle la journée du lendemain, on s'y reposerait afin de pouvoir, la nuit suivante, gagner la frontière de Belgique. En longeant cette frontière, et se tenant prêt à la franchir en cas d'alerte, on se dirigerait vers les bords de la Somme, là où les évadés de Sedan, sous les ordres de Bourbaki, reformaient un nouveau corps d'armée. Les Belges, qui se disent neutres, en réalité sont pour les Français : au besoin on trouverait chez eux du secours....

Ceci étant réglé, une difficulté restait pourtant : ces enfants éreintés, cette fillette aux pieds meurtris....

« Ne vous inquiétez pas de nous, dit Marthe. Nous dormirons dans la hutte, et demain, Riquet, dont les pieds sont encore présentables, ira chercher de l'aide à Juvigny. »

Belle idée! Les « plaquer » dans la forêt : et si demain les Prussiens arrivent et la trouvent seule, pendant que Riquet courra les grandes routes? et cette nuit, les loups?

« De vrai, il y a des loups? demande Riquet avec un frisson rétrospectif.

— Tu parles! répond Cogne-Toujours. Le général les appelle les bourgeois de Saint-Dagobert. Quand on entend leur musique, on fait une flambée, à seule fin de les avertir qu'il y a du monde.

— Eh bien! nous ferons une flambée, » dit bravement Riquet.

DANS UN GALOP FRÉNÉTIQUE, ILS ENFILENT LA ROUTE DE DROITE.

Cependant, au fond de sa conscience, il s'avoue qu'il aimerait autant n'avoir rien à démêler avec les bourgeois de Saint-Dagobert.

« Tout ça, déclare l'Enragé, c'est causer pour le roi de Prusse; pour ce qui est de laisser ici la petite demoiselle, c'est peau de balle; dans cet ordre d'idées, rien à frire. Ce qu'il faut, c'est trouver un moyen de la voiturer. »

Parbleu! cet Enragé cause comme un ange. Et c'est bien simple. Avec deux fusils et des jarrets attachés en travers, on fabriquera un brancard. On le recouvrira de fougères sèches, et la demoiselle, enroulée dans une capote, s'y étendra....

« Elle a bien mérité un pareil lit », dit gravement le général.

Marthe, épuisée, ne résiste plus : on fera d'elle ce qu'on voudra.... Justement, en allant d'un bois à l'autre, la troupe passera dans un terrain découvert, assez près de Juvigny : là on la déposera sur le bord de la route, et elle montera dans la première carriole qui se trouvera suivre sa direction. Et voilà que, tandis qu'on se hâte d'organiser la civière, le bruit d'une discussion arrive aux oreilles de la petite fille : elle sourit, comprenant que parmi les hommes on se dispute l'honneur de la porter....

«Mais toi, pauvre Riquet, demande-t-elle, pourras-tu marcher? »

Oui, Riquet marchera, à condition de ne pas remettre ses souliers, qui, séchés trop vite, se sont durcis. Toutou-bon-chien lui prêtera des galoches, et, comme ses bas sont tout trempés, lui apprendra à se faire des « chaussettes russes ». Paternel, il lui explique :

« C'est des morceaux de linge qu'on coupe en bandes... comme ça, vois-tu? et puis on se les entortille autour des pieds, en faisant passer le bout entre le gros doigt et son voisin, comme ça.... Avec ça tu trotteras comme un chien maigre.... Du reste, si tu « crantes » avant l'étape, nous te porterons à deux, sur nos mains, à la « châ-qui-craque » [1]....

Grave et affairé, le général excite son monde, hâte les préparatifs. Sans le dire, il s'inquiète à la pensée de ces deux ou trois kilomètres de terrain découvert, entre la forêt de Woëvre et le bois de l'Embuscade; il faudrait les avoir franchis avant le jour; malheureusement la civière oblige à prendre par les tranchées, ce qui allonge la route, au lieu de se glisser à la file indienne dans le sentier qui coupe au court....

Enfin le camp est levé. Toute la troupe, vingt-cinq hommes, sans compter les deux enfants, est sous les armes.

Grâce au ciel, il ne neige plus; l'air est piquant, mais sec; il va geler ferme. Et la couche moelleuse étendue sur le sol va rendre la marche plus facile.

Malgré la fougère accumulée, la civière est plutôt dure : peu importe! Marthe, enveloppée de rudes couvertures, la tête couverte de son fichu bien séché, s'y étend avec délices. La nuit dernière elle n'a pas dormi une minute; les fatigues de la journée, les émotions de ce soir ont épuisé tout ce qu'elle a de résistance.... D'ailleurs, tout ce qu'elle avait à faire, ne l'a-t-elle pas accompli? Devant les yeux de sa pensée, défilent en une minute tous les événements de ce jour : le départ dans l'aube froide, l'arrivée de Riquet, — cher petit Riquet, si brave! — puis le pigeon aux bonnes nouvelles... et cette chose incroyable, miraculeuse presque, cette rencontre du fiancé de Valentine, qui, grâce à elle, a repris foi en l'avenir! Oui, après cette journée, la petite fille a droit au repos. D'un cœur tranquille, elle s'abandonne à ceux qui, doucement, soulèvent le brancard rustique. Comme en rêve, elle entend les éclats de rire des hommes, répondant à cette réflexion de Toutou-bon-chien :

« Dommage de ne pas être là pour voir la tête que feront les Allemands, quand ils arriveront et ne trouveront plus personne à Saint-Dagobert : plus un clou! macache et midi sonné. »

Toutou-bon-chien fait claquer ses doigts comme des castagnettes....

« Mais, farceur de Toutou, si on était là pour voir leur tête, il y aurait quelqu'un.... Et alors ils ne feraient pas de tête... et alors.... »

1. La chair qui craque.

Les rires jeunes et insouciants continuent [d]e fuser dans l'air froid de la nuit, tandis [q]u'au balancement de la civière berceuse, [M]arthe s'endort.

XIII

[J]USQU'A l'aube elle dormit d'un sommeil calme, profond, réparateur. Dans ses [f]ougères, le froid ne pouvait l'atteindre. [C]e qui la tira de cet état bienheureux, ce [n]e fut ni un bruit, ni un choc, mais l'arrêt [b]rusque du mouvement qui la berçait : sur [u]n ordre du chef, les porteurs faisaient [h]alte.

On traversait maintenant ce morceau de [p]laine entre les deux bois, dont Louis se [p]réoccupait non sans raison : comme on arrivait, le jour commençait à naître. [M]arthe, la tête enfoncée sous ses couver[t]ures, et l'esprit encore au pays des rêves, [e]ntend sans comprendre ce qui se dit parmi [l]es hommes :

« Ils sont nombreux?

— Non. Une escouade en reconnaissance, [r]ien de plus.

— Oh! général! Encore une fois, la [d]ernière fois! en tirailleurs! »

Et la voix de Louis, sévère :

« Êtes-vous fous? avec ces enfants dont [n]ous répondons? Plaquez-vous contre [t]erre, et plus vite que ça!... »

Cette fois un ébranlement, puis l'arrêt [c]omplet : la civière avait été posée sur le [s]ol. Avec un effort pour secouer l'engour[d]issement qui la retient, Marthe se répète [l]e mot du général : « ... Ces enfants, dont nous répondons.... »

« C'est donc nous qui gênons pour quelque chose? » se dit-elle.

Et enfin sortie de son sommeil elle s'écrie :

« Louis, faites donc comme si nous n'étions pas là! »

Mais voilà que quelque chose a sifflé dans l'air :

« Trop tard pour renâcler! fait la voix joyeuse de l'Enragé. Puisqu'on nous attaque, on va répondre, j'imagine? »

Un bref commandement :

« En joue, feu! »

Puis une détonation, bonne pour écorcher même un tympan moins délicat. Enfin libérée du manteau qui la recouvre, Marthe se dresse, elle regarde....

L'air est pur, le soleil levant luit sur la neige : mais là, sur le chemin, ces petites bannières blanches et noires, ces casques....

« Les uhlans, ma foi! » dit Riquet, tandis que d'un coup sur la nuque, il la force à se recoucher face contre terre.

Mais le général a donné l'ordre :

« Tous, au grand galop, dans le taillis! »

Il a saisi Marthe à bras-le-corps et, en quelques bonds, les voici dans les broussailles. Providentiel, ce bouquet de bois qui se trouve à l'embranchement des deux routes!

« Rechargez les fusils! » crie le général.

Il sait que les Allemands à cheval n'aiment pas d'être attaqués par des gens dissimulés dans les taillis : en effet, ceux-ci ont éperonné leurs grands chevaux, et, dans un galop frénétique, ont enfilé la route de droite, celle de Juvigny. Les flammes des lances, blanches et noires, ondulent dans l'air; les casques d'acier reluisent; mais là où cette troupe a passé, la neige est tachée de rouge....

Après un instant de recueillement, on se rassemble, on se compte : « Tous présents? Pas de blessés?

— Non, général! »

Marthe, encore un peu ahurie, mais contente, écoute les explications de Riquet :

« Les Prussiens venaient de Louppy, ils allaient arriver à l'embranchement des deux routes; on ne savait pas s'ils prendraient sur Juvigny ou sur Stenay. Le général ne voulait pas attaquer, à cause de nous : il avait bien tort! Mais les uhlans avaient vu les fusils, et les premiers ils ont tiré : alors nous avons répondu, tu comprends!

Ce « nous » semble admirable dans la bouche de Riquet. Jamais Marthe ne l'a vu ainsi excité : ses yeux brillent comme brillaient tout à l'heure les casques de l'ennemi, sous le soleil levant. Une minute a décidé de sa vie et créé en lui une vocation : Riquet a senti la poudre, Riquet sera soldat.

« Nous en avons démoli quelques-uns, dit l'Enragé, se frottant les mains. J'ai de bons yeux, et j'en ai vu qui « chamboulaient » sur leurs selles. »

Voilà qui va bien : mais n'empêche qu'il

Il saisit Marthe à bras-le-corps.

faut filer dare-dare. Il faut se fourrer dans le bois de l'Embuscade, il faut y courir. Si les uhlans à cheval sont empêchés d'entrer dans le taillis, leurs camarades fantassins, prévenus par eux, peuvent arriver d'une minute à l'autre... et avec la petite demoiselle.... Parbleu !... Deux des hommes ont couru reprendre la civière, restée dans le champ. Riquet a remis ses souliers et ceux de Marthe, à cheval sur son épaule. Les fusils sont rechargés, tout est en ordre ? On n'oublie rien ?

D'un coup d'œil, Louis Leblanc a passé la revue de sa troupe ; satisfait, il donne l'ordre :

« Partez, mes amis ; partez pour l'Embuscade, et que Dieu vous garde ! Bien le bonjour à la mère Michaud. »

A ces mots, chacun regarde le général : très pâle, il est assis sur une souche, la jambe gauche étendue ; de son pantalon relevé découle un filet de sang :

« J'ai du plomb, non dans l'aile, mais dans la patte : mes amis, partez sans moi. »

Cris de protestation, jurons énergiques : partir sans le général ! Et cette blessure, qu'est-ce que c'est ?

Il y a de tout, Dieu merci, dans la troupe des francs-tireurs ! L'Enragé se souvient qu'avant la guerre il était étudiant en médecine ; à genoux près du général, il déchire un mouchoir, et procède à un pansement sommaire. Le mollet a été traversé, a balle est ressortie, ce ne sera rien; mais quant à déambuler aujourd'hui, midi sonné.

« Heureusement, ajoute le docteur improvisé, nous avons un brancard, et puisque voici la route de Juvigny, et que la petite demoiselle doit attendre qu'il passe une carriole.... »

Marthe, les yeux pleins de larmes, secoue la tête. Abandonner le fiancé de sa sœur, quand elle le voit blessé, cela lui est impossible. Qu'on ne lui demande pas de s'en retourner tranquillement à Juvigny. Cependant qu'on prenne le brancard, et qu'on ne s'inquiète pas d'elle. Elle marchera, elle ira clopin-clopant, elle arrivera quand elle pourra....

Louis, très touché, insiste cependant pour qu'elle retourne chez maman Nette : cette pauvre femme, quel sang de vinaigre elle doit se faire? N'est-il pas temps d'avoir pitié d'elle? Sans doute; mais selon Marthe, c'est Riquet qui doit retourner à Juvigny. Elle, elle entend la voix de Valentine, qui lui commande de ne pas abandonner le blessé.

La petite fille a dans les yeux la flamme d'émotion qui la rend si belle....

« Moi aussi, s'écrie Riquet, j'entends la voix de Valentine : bien mieux, j'ai une lettre d'elle, une lettre apportée par un vaguemestre de miracle! »

Et il cite son texte, qu'il sait par cœur :

« Que Riquet se souvienne de veiller constamment sur mon trésor. »

Si on veut le renvoyer, on la lui fait à l'oseille. Si on croit qu'il va s'en retourner tout seul à Juvigny, les mains dans les poches, on se met le doigt dans l'œil. Très vite, Riquet s'est approprié le langage énergique et imagé de ses nouveaux amis les francs-tireurs.

Cependant ceux-ci, qui ne peuvent comprendre le sens caché de la discussion, s'impatientent : avant de tant batailler, qu'on gagne au moins le bois de l'Embuscade, un bois sérieux, dont on voit les arbres à peu de distance. Qu'on ne se laisse pas surprendre dans ce mauvais petit taillis, si facile à cerner, si peu défendable....

« Vous avez dix fois raison, mes amis! s'écrie Louis Leblanc. Vite, au bois de l'Embuscade! Et puisque vous ne voulez pas me laisser, que deux de vous me prennent à la « châ-qui-craque », comme vous dites. »

Deux hommes se présentent aussitôt, dont les mains liées l'une à l'autre forment un siège... en moins de vingt minutes, on atteint l'angle sud du grand bois. Là, les porteurs, harassés, reprennent leur souffle. Sur une butte de terre, dont on a, sommairement, balayé la neige, le général se laisse tomber. Plus pâle encore que tout à l'heure, il semble près de s'évanouir. En abondance, le sang filtre à travers le pansement trop mince. A mesure, l'air froid le sèche, le coagule en gros caillots noirs....

Mécontent, l'Enragé mordille sa moustache rude : « Une artère a été touchée, pour sûr, il faudrait recommencer ce pansement-là; mais on n'a rien....

— Attendez Riquet, dit la douce voix de Marthe; il a été chercher du secours, chez des gens que nous connaissons. »

Brave petite Marthe, c'est elle qui a eu cette bonne idée. De loin, elle et Riquet ont reconnu le toit de la ferme, où hier le pigeon a été recueilli; ils ont parlé bas une demi-minute, et le petit garçon a pris sa course vers le toit hospitalier, couvert d'une neige immaculée.

Tout joyeux Riquet reparaît, apportant dans une serviette des tas de choses : du vieux linge, de la ouate, un flacon d'arnica, une fiole d'eau-de-vie de prunes, et, pêle-mêle avec ces pharmacies, de gros morceaux de pain de ménage, coupés à la miche.

« Je leur ai dit : « Je n'ai plus le sou; « faites-moi crédit. Je ne peux rien vous « expliquer, mais il s'agit de rendre service « à des Français. » Alors ils m'ont donné tout ce que j'ai demandé. C'est des braves gens. Chez eux, monsieur Coco fait de la graisse. Je l'ai vu, il m'a sauté sur l'épaule, pauvre petit! Mais il ne peut toujours pas voler. Alors j'ai demandé au plus grand des gamins de le reporter à maman Nette, et de lui expliquer en même temps que son garçon n'a point de mal, ni Marthe non plus; qu'ils reviendront à Juvigny dès qu'ils le pourront. Le gamin n'a pas l'air plus bête que ça, il fera la commission pour sûr.... »

Tandis que l'Enragé recommence le pansement, et qu'une goutte de vieille eau-de-vie ravigote le général, fraternellement on se partage le pain; dame! il n'y en a pas gros pour chacun; mais cette bouchée n'en paraîtra que meilleure.

Et de nouveau, en route! Marthe assise, et non plus couchée sur sa civière; le blessé sûr les mains nouées de deux de ses hommes. Riquet, Dieu merci, connaît le bois de l'Embuscade, comme sa poche; il y est venu plus d'une fois, pendant la chasse, faire la « reverchée », c'est-à-dire ramasser les petits oiseaux pris au piège et retendre les sauterelles au bord des sources; il va faire prendre à la troupe un raccourci. Un joli rayon de soleil se glisse doucement entre les branches; au bout de chaque feuille sèche, brille un diamant; parmi les francs-tireurs la gaîté renaît....

XIV

Dans la grande cuisine de la maison forestière, les hommes, étendus sur de la paille, ronflaient. Les fusils, dressés en faisceaux contre les murs, se reposaient comme leurs maîtres. Mais, de même que les hommes, tout habillés, seraient prêts à la moindre alerte, les fusils, tout chargés, n'attendaient que l'instant de reprendre leur chanson.

Marthe, dans l'angle de la haute cheminée, épluchait des pommes de terre, tandis que la mère Michaud — la mère aux autres — activait le feu, versait de l'eau dans la grande marmite. Avec quel cœur elle avait ce matin reçu la troupe, sans souci du danger qu'elle faisait courir à sa maison, en y hébergeant des francs-tireurs! Les recevoir, c'était pour elle une joie, rien qu'une joie : un peu comme si elle eût reçu son propre gars, son Arsène, si beau, si brave, qui, au début de la guerre, lui avait demandé la permission de s'engager. Ce qu'elle faisait pour ceux-ci, d'autres, en ce moment même, le faisaient, peut-être, pour le sien.... Dans des temps pareils, tout ne doit-il pas être mis en commun? Sans connaître seulement ces grands mots : « solidarité, fraternité », elle pratiquait magnifiquement, l'excellente femme, ce que d'autres se contentaient de proclamer et d'afficher sur les murs. Avec une simplicité sublime, elle sacrifiait en une fois, pour un seul repas de la troupe, tout ce qui lui restait de provisions, ce qui l'aurait nourrie, elle seule, un mois encore.

De temps en temps, elle et Marthe allaient, à petits pas, porter une gorgée à boire, ou simplement quelques bonnes paroles au blessé, étendu sur le lit de la chambre voisine. Préoccupé, Louis demandait souvent l'heure qu'il était, et si les camarades ne commençaient pas à se réveiller. Lui, enfiévré et souffrant de sa blessure, ne pouvait dormir.

Enfin, le soir, au coup de neuf heures, parmi les bottes de paille, on commença à s'agiter. De longs bras s'étirèrent, on entendit des bâillements. Et les narines dilatées flairant une odeur appétissante et chaude de ragoût, tout à coup les estomacs se souvinrent que depuis la veille au soir on ne leur avait rien donné, ou si peu de chose!

Dans son plus grand chaudron, la mère aux autres trempa la soupe; le ragoût de pommes de terre au lard, un fameux rata auquel on s'abonnerait volontiers, fut servi dans l'immense marmite où il avait cuit. Tandis que, gaîment, fraternellement, à deux dans la même assiette, on lampait la bonne soupe, l'avocat fit connaître les dernières instructions du général. Pauvre général, il fallait le laisser là, aux soins de la mère Michaud, et il rageait bien assez de ne pas pouvoir suivre! Cette nuit, il s'agissait de gagner la frontière de Belgique, ce qui ne devait pas être impossible quant à la distance; malheureusement, la nuit était noire. Quelqu'un connaissait-il assez le pays pour servir de guide?

« Moi, » dit Riquet, en train de ramasser

avec un quignon de pain le reste de son ragoût.

Tous les yeux se portèrent sur ce moucheron qui se proposait si crânement : au fait, pourquoi pas? Parmi les francs-tireurs, aucun n'était du pays, et lui, il en était.

« Mais, fais attention, dit l'avocat, que ça peut être malsain de circuler avec nous. Si les Prussiens nous pigent, tu connais la loi : peine de mort pour tout Français pris les armes à la main, s'il ne fait pas partie de la troupe régulière. Or, jusqu'ici nous n'en sommes pas, de la troupe régulière : et cependant, nous n'avons pas le moindre désir d'abandonner nos flingots. Avant de t'offrir à nous guider, réfléchis, moucheron.

— Il ne faut pas exposer cet enfant, crie de son lit le général. Mon Dieu, si je pouvais marcher! ajoute-t-il à voix très basse, et pour lui seul; je saurais trouver le chemin, moi! »

Cependant Riquet, debout au milieu des hommes encore assis, semblait le plus pressé de partir.

« Flûte! lança-t-il avec un geste de gavroche. Si vous croyez que j'ai peur, c'est que vous avez peur vous-mêmes. Comme on est, on croit les autres. »

Les hommes se mirent à rire, et l'avocat essaya encore de protester, mais le regard que Marthe attachait sur son ami n'était pas pour lui ôter rien de sa bravoure. Il s'approcha d'elle et, à voix basse, ils causèrent deux minutes.

« Tu m'attendras ici, près de la bonne femme; ne t'inquiète pas de moi, je connais tout le pays, jusqu'en Belgique, à la perfection. Je reviendrai quand je les aurai mis à l'abri.

— Va, mon Riquet, va! Tu as raison. Et je suis fière, oh! si fière de toi! »

Elle lui serrait les mains et le regardait jusqu'au fond des yeux; et il lui semblait que, depuis la veille, Riquet avait grandi.

Et le petit garçon lui-même se sentait comme transformé. Quelque chose d'extraordinaire se passait en lui; son cœur s'ouvrait à un sentiment qu'il n'avait pas connu jusqu'à ce jour. Ce qu'il avait fait la veille, il l'avait fait pour sa sœur de lait; ce qu'il s'apprêtait à faire ce soir, il le ferait, non pour elle, qu'il était obligé de laisser en arrière, non pas même pour ces hommes, des inconnus, après tout! Il le ferait pour celle à qui jamais, jusqu'à ces mauvais jours, il n'avait donné la moindre de ses pensées; celle que les pleurs de Marthe lui avaient appris à connaître et à plaindre, et dont le nom commençait à lui faire battre le cœur; celle qui, malheureuse, insultée, foulée aux pieds, demandait à ses enfants leur sang et leur amour : il le ferait pour la Patrie.

Penché sur le lit du blessé, il conférait avec lui sur le meilleur chemin à suivre : prendre très fort à droite, pour éviter la ligne d'investissement de Montmédy, contourner Iré-le-Sec, et filer à travers champs, ce qui, par cette nuit noire, était sans péril; passer au-dessus de Flavigny, puis gagner les bois qui, sur une longueur de trois ou quatre kilomètres, bordent l'Othain. Une fois là, on n'avait pas grand'-chose à craindre : l'Othain franchi, on passerait la Chiers, et on serait en Belgique.

Un à un, les hommes défilent, viennent serrer la main au général. De tels adieux ne demandent pas beaucoup de paroles : mais ceux qui s'en vont promettent de ne pas s'arrêter avant d'avoir rejoint l'armée du Nord.

« C'est là que nous nous retrouverons, s'il plaît à Dieu », dit Louis Leblanc d'une voix dans laquelle on sent des larmes. Ah! maudite écorchure, qui l'empêche de suivre ses bons compagnons, de les guider jusqu'au bout....

Au seuil de la porte, Marthe embrasse Riquet : à présent, elle a une crainte :

« Es-tu sûr, au moins, de ne pas être trop fatigué? Pense que tu as marché tout hier, et encore cette nuit!

— Oui, mais j'ai dormi tout aujourd'hui, comme un morceau de plomb, répond le brave petit. Mes pieds sont reposés, va; et puis, du reste, je m'inquiète bien de mes pieds! »

L'enthousiasme de Riquet le porterait

au bout du monde. Le premier, il sort de la maison forestière, et toute la troupe le suit. Marthe et la mère aux autres, restées sur le seuil malgré le vent glacé qui leur cingle le visage, écoutent décroître dans la nuit le bruit des pas, qui, assourdi par le tapis de neige, peu à peu, s'efface.

On commença à s'agiter.

Quand on n'entend plus rien du tout, on rentre et, à l'intérieur, la mère Michaud assujettit contre la porte la grosse barre de fer.

« Comme ça nous sommes sûres que les Prussiens n'entreront pas, dit Marthe, essayant de plaisanter.

— Oh! ma petite amie, si les Prussiens venaient, le mieux serait encore de retirer la barre : que voulez-vous que fassent deux femmes contre une bande d'hommes qui auraient vraiment envie d'entrer? Au besoin, ils casseraient la porte à coups de fusil, ils mettraient le feu à la maison, au lieu que si on leur ouvre de bonne grâce, ils ne font la guerre qu'aux saucisses et aux bouteilles.

— Est-ce que vous en avez vu quelquefois? demande la petite fille.

— Deux fois seulement, ma petite belle : il en est venu d'Iré-le-Sec, qui se sont basardés jusqu'ici, en faisant des fagots; il paraît qu'au village le bois manquait. La première fois ils n'étaient pas même entrés dans la maison; mais, la seconde fois, ils ont cogné à la porte à grands coups de crosse; j'ai dû ouvrir, et les mandrins ont raflé tout ce qui me restait de vin des côtes. »

XV

Le lendemain matin, tandis que Marthe s'attardait sur sa bonne couchette, plus douce, tout de même, que son brancard de l'autre nuit, la mère Michaud se leva de bonne heure. Dans ses idées, aussi bien que dans son ménage, elle mit de l'ordre. Sans un regret, mais avec une nuance d'inquiétude, elle avait constaté qu'en fait de provisions, ce qui lui restait ou rien du tout, c'était kif-kif, comme aurait dit Arsène : la veille, on avait si bien mangé! Pourtant, ces deux enfants qui lui étaient tombés du ciel, on ne pouvait pas les laisser mourir de faim. Machinalement, elle regarda dans le tiroir où elle serrait l'argent qu'Arsène, autrefois, lui apportait. Pauvre gars! il n'en détournait pas la plus petite pièce et, quand elle lui donnait vingt sous pour son tabac, il avait l'air de recevoir un cadeau. Elle soupira au souvenir du bon temps qui n'était plus. Au fait, pourquoi cherchait-elle? elle ne savait que trop qu'il ne lui restait pas un rouge liard : heureusement, on la connaissait et, dans les villages d'alentour, elle trouverait du crédit. Un sac de pommes de terre, une bande de lard, on ne lui refuserait pas ça, peut-être! Elle attendit le réveil de Marthe, et, dès que celle-ci fut debout :

« C'est pas tout ça, lui dit-elle, ma pauvre petite, je vas être obligée de vous laisser une demi-journée toute seule, avec notre blessé. Si nous voulons manger aujourd'hui, il faut que j'aille à Iré-le-Sec, chercher de quoi, vu que, quand nous aurons, ce matin, pris notre café, il ne nous restera quasiment rien. »

Marthe allait répondre en offrant d'accompagner la bonne femme à Iré-le-Sec, quand, de son lit, Louis appela. Entre la chambre où il couchait et la grande cuisine, on laissait toujours entr'ouverte la porte de communication.

Il demanda des ciseaux, puis, d'une main qu'un peu de fièvre faisait trembler, chercha dans sa poitrine quelque chose. A sa chemise de laine, un petit sac était attaché par quelques points de gros fil. Louis coupa ces fils, mais, si léger qu'il fût, cet effort était tout ce qu'il pouvait fournir et, le front moite de sueur, il retomba sur ses oreillers en disant à Marthe :

« Ayez donc la bonté d'ouvrir ce sac et d'en tirer une pièce que vous donnerez à Mme Michaud. Dépensez-la pour vous ravitailler, » ajouta-t-il en regardant la bonne femme.

Par la satisfaction qu'elle éprouva, à la vue d'une belle pièce de vingt francs tirée du sac, la mère Michaud sentit combien il lui aurait été pénible de quémander.

« Je ne dépenserai pas vingt francs, tout de même! » dit-elle avec le beau sourire qui, malgré ses cheveux gris, la faisait presque jolie encore. Et, toute contente, elle sortit.

Louis, auquel Marthe rendait le petit sac, demanda en le faisant glisser sous l'oreiller :

« Combien de pièces reste-t-il encore, après celle-ci?

— Deux, » répondit Marthe en se détournant, pour qu'il ne vît pas un peu de rougeur monter à ses joues sans permission; en effet, dans le petit sac, à côté des pièces d'or et d'une petite médaille de la Vierge, n'avait-elle pas vu un bout de ruban rose qu'elle reconnaissait pour avoir noué les cheveux de Valentine?

Mais Louis n'avait pas l'intention d'en faire mystère.

« Vous n'avez rien retiré du sac, au moins? demanda-t-il à la petite fille qui lui apportait une tasse de café noir.

— Rien du tout », répondit-elle; et, voulant tourner la chose en plaisanterie, elle ajouta : « Si vous avez peur pour vos pièces d'or, il ne fallait pas me confier votre petit sac. »

Ils se regardèrent et, dans leurs yeux qui souriaient, lurent clairement le désir de parler des choses d'autrefois.

« L'argent, c'est ma tante, — pauvre bonne tante! — qui me l'a envoyé, avec une médaille de Benoite-Vaux, le jour où je lui ai écrit que.... »

Il s'arrêta et, avalant une dernière gorgée de café, rendit la tasse à la petite fille. Mais, la voyant décidée à attendre la fin de la phrase, il acheva simplement :

« Quand je lui ai écrit que j'allais me battre. »

Il avait été sur le point de dire, ce qui eût été plus exact :

« Quand je lui ai écrit que j'allais me faire tuer. »

Plus d'une fois — car avec une mauvaise tête, Louis avait un cœur d'or — il avait regretté cette lettre cruelle, écrite dans la fureur et le désespoir. Mlle Leblanc avait compris les raisons de la rupture, et, quoiqu'elle adorât son neveu, ne l'avait point soutenu.... Mais, à présent, toutes ces choses semblaient lointaines. Dans le deuil général, les querelles particulières se perdaient. L'ouragan qui dévastait le pays, entraînant avec lui les destinées, les vies et les fortunes, abolissait, en quelque sorte, le passé. Et pour celui qui avait un pardon à obtenir, l'heure était bonne.

Sans que les jeunes gens l'eussent exprimée, cette pensée consolante se dégageait de leur causerie. Assise sur une chaise basse, auprès du lit, Marthe grondait le blessé d'avoir mal supporté les remontrances de leur père, remontrances justes, il l'avouait lui-même à présent : n'aurait-il pas dû les accepter pour l'amour de Valentine?

« A sa place, je ne vous aimerais plus, pour sûr!

— Vous vous calomniez, chère petite Marthe! Si vous ne m'aimiez pas, comme une bonne petite sœur que vous êtes, seriez-vous ici? »

Il faut cacher le fusil.

Dans sa main chaude de fièvre, il tenait la main fraîche de la petite fille. Et longtemps, délicieusement, ils causèrent, faisant revivre les belles années. Ah! si on arrivait à rejeter sur le Rhin les hordes allemandes, si on avait le bonheur de libérer le pays, tout le reste ne serait-il pas accordé par surcroît? Le père de Valentine tiendrait-il éternellement rigueur à celui qui aurait combattu le bon combat?

« Mais si je tombe, comme tant d'autres,

ELLES ÉCOUTAIENT DÉCROITRE LE BRUIT DES PAS.

pour ne plus me relever, vous leur direz, ma bonne Marthe, que je suis mort en regrettant mes fautes, et que ma dernière pensée a été pour eux.... pour elle surtout! »

Louis, à présent, s'attendrissait : ses yeux brillaient d'émotion autant que de fièvre. Un peu inquiète, Marthe le calma comme on calme un enfant, en lui promettant que tout irait bien; puis elle passa dans la cuisine pour lui préparer une boisson chaude. Quand elle rentra, son malade dormait. Alors elle se rassit sur la petite chaise et se trouva, ce qui ne lui était pas arrivé depuis deux jours, seule avec ses pensées.

Or, ses pensées allaient de Juvigny à Verdun, et de Verdun à cette grande route sur laquelle trottinait le cher Riquet, à la tête de la vaillante petite troupe. Il avait froid, pour sûr, pauvre Riquet. L'air, ce matin, devait être glacial, car la bruine, qu'à travers la vitre on voyait tomber, se congelait à mesure qu'elle touchait le sol, ou s'accrochait aux branches des hêtres. Chaque rameau devenait une girandole étincelante; la forêt, dépouillée par l'hiver, se revêtait d'un superbe manteau d'argent.

D'ailleurs, pas d'autre bruit que le ronronnement berceur des chats, voluptueusement étendus devant le brasier. Dans ce silence, cette atmosphère douce et l'immobilité où elle se tenait pour ne pas déranger son malade, Marthe sentait son cerveau peu à peu s'engourdir : bientôt la maison forestière allait représenter assez bien le château de la Belle au Bois dormant.

Tout à coup Marthe tressaille : effarée, elle regarde le dormeur qui ne bouge pas. L'a-t-elle rêvé, que quelqu'un cogne à la porte? Non, ce bruit qui l'a fait sursauter, le voici de nouveau. Elle voudrait se persuader que c'est la mère Michaud qui revient; mais comment le croire? On entend des voix d'hommes, des sons rauques, des intonations gutturales; et ces coups impatients, frappés contre la porte, sont, à n'en pas douter, des coups de crosse. Les Allemands! Heureusement la barre est mise.... Marthe est debout, les mains jointes sur la poitrine, l'œil fixé sur son malade, qui si paisiblement sommeille.... Et voici que dehors, les coups redoublent. La barre est mise, oui; mais l'enfant se souvient de ce que lui a dit hier la mère Michaud : quand on n'est pas de force à résister, mieux vaut céder de bonne grâce, mieux vaut ouvrir. Ouvrir! Faut-il ouvrir? Que ferait la mère Michaud? elle ouvrirait, puisqu'elle l'a dit. A un blessé, les Prussiens ne feront pas de mal. Marthe se souvient de l'hôpital de Vouziers, qu'ils ont respecté. Son parti est pris, elle ouvrira! Elle fait deux pas pour sortir de la chambre, puis, comme frappée d'épouvante, s'arrête : le fusil! Le fusil de Louis, posé là, dans ce coin.... Un fusil d'ordonnance, et tout chargé! Peine de mort à qui garde chez soi des armes.... Allons, elle s'embarrasse de peu de chose : il faut cacher le fusil, voilà tout. C'est la première fois que Marthe tient en main une arme chargée : avec précaution, elle l'a glissée sous le lit. D'un bond, elle est à l'escalier, en dégringole les marches; elle arrive à la porte, défait la barre : on dirait qu'une force étrangère la pousse à agir vite.... Cependant à peine a-t-elle agi, que déjà elle s'en repent. Folle! elle n'a pas pensé à l'attaque de la veille, à cette escarmouche qui a signalé aux Prussiens la présence des francs-tireurs : on fouille les bois, c'est clair! on va chercher, on va trouver le fusil de Louis!

La porte, poussée du dehors, laisse entrer une large bouffée d'air froid.... Les casques pointus sont là, nombreux. Déjà, deux grands corps vêtus de bleu sombre ont passé le seuil; d'autres vont les suivre; un chef, long, mince et prodigieusement barbu, donne les ordres. Le pistolet au poing, les hommes pénètrent : mais chez l'Allemand la hardiesse est toujours mêlée de prudence, et la reconnaissance s'opère avec une précaution extrême. Le rez-de-chaussée n'est qu'une remise encombrée de bois, d'instruments agricoles de toutes sortes.... Marthe, collée au mur, voit les hommes retourner les cuveaux à lessive, plonger leur sabre nu dans les tas de fagots. Tout à l'heure, ils vont monter. Ils trouveront le fusil, réveilleront le blessé, comprendront tout. Louis sera emmené, jugé, fusillé.

« Et ce sera ma faute, ma faute! ce sera moi qui aurai livré mon frère. La barre était mise, et je l'ai défaite. Avant que ces hommes montent là-haut, je voudrais mourir! »

Cependant, rien de suspect n'a été découvert parmi les fagots. Dans un salut raide, la main au front, et son grand buste incliné en avant, l'un des hommes demande à la petite fille la permission de monter. Courtois, il s'efface afin qu'elle passe la première....

Jamais, comme en cette minute mortelle, Marthe n'a senti combien il est fortifiant de croire en Dieu. Dans la prière sans paroles, mais si ardente! qu'elle lui envoie, elle a mis toutes les forces de son âme. Il peut, lui, empêcher cette chose horrible : le fiancé de sa sœur livré par elle. Par elle, Dieu juste! qui la veille a bravé tant de périls, supporté tant de souffrances, justement pour essayer de le sauver!

Comme on marche à l'échafaud, Marthe a franchi le seuil de la cuisine. Le Prussien qui la suit s'est dressé sur la pointe des pieds, et par-dessus son épaule jette un coup d'œil. Dans cette pièce claire, sans encombrement ni recoin, rien qui doive inquiéter le regard : des cuivres bien astiqués, une horloge à poids qui fait son bruit, et, dans l'âtre, devant les braises croulantes, des chats ronronnants. Non, ici encore, rien d'anormal. Et, tout aussitôt, l'œil du soldat se fixe sur la porte qui mène à la chambre de Louis.

Avant de descendre, instinctivement, Marthe a fermé cette porte : à quoi bon? Elle comprend que tenter de résister à cette heure serait la pire des maladresses, et sa main qu'elle dirige à grand'peine, tant elle tremble, cherche le loquet.

« Mon Dieu, vous qui savez toute chose, vous savez que j'ai cru bien faire en défaisant la barre. Mon Dieu, ayez pitié de moi! »

Tandis que, d'un mouvement très lent, elle pousse la porte, une sueur d'agonie lui mouille les tempes, et ses yeux effarés se posent sur le visage poilu du Prussien. Lui, comme au port d'armes, attend.

Alors, par une inspiration du ciel, elle fait appel au peu d'allemand qu'elle a appris jadis, à Verdun, chez les bonnes Sœurs de la Doctrine Chrétienne :

« *Mein Bruder*, dit-elle à mi-voix, en désignant le lit, *mein Bruder, krank!* » [1].

En pleine lumière, sur la blancheur de l'oreiller, reposait la tête pâle et fine du franc-tireur. Rien qu'en se baissant, l'Allemand eût vu briller sous le lit le canon du fusil d'ordonnance.

Une minute, il resta là, sans bouger, portant son regard tantôt sur le visage pâle de Louis, tantôt sur la figure angoissée de la petite fille.

Dans l'âme de cet homme qui, lui aussi sans doute, croyait en Dieu, que se passa-t-il? Ces deux mots de sa langue maternelle, prononcés d'une voix si douce, avaient-ils éveillé chez lui l'essaim des souvenirs qui attendrissent? Cet homme, peut-être, avait au pays une petite sœur, quelque Gretchen blonde, qui, du même ton, disait : *Mein Bruder....*

Soudain, sur son visage placide, passa comme un reflet de l'intense émotion qui contractait celui de Marthe. D'un geste de la main, il lui fit signe de refermer la porte; puis ses doigts joints ayant touché la visière de son casque, il tourna sur ses talons et, à pas de velours, s'éloigna.

Toujours la main sur le loquet, retenant son haleine, comme si elle eût craint que le moindre souffle ne rompît le charme et ne rappelât le danger qui s'éloignait, la petite fille entendit les marches du vieil escalier craquer sous les grosses bottes... puis des voix montèrent et, dans le silence de la grande cuisine, elle perçut le bruit d'une discussion : les autres n'allaient-ils pas exiger une visite plus minutieuse? Un instant, le cœur de Marthe semble s'arrêter dans sa poitrine.... Mais non. Les voix se sont apaisées; tout, au rez-de-chaussée de la maison forestière, rentre dans le calme. C'est au dehors maintenant qu'on entend le piétinement des bottes lourdes.

Tout en sentant la vie revenir à ses

1. « Mon frère, malade! »

veines, Marthe n'a plus la force de se tenir debout. Lentement, elle se laisse glisser à terre et, contre la cloison, appuie sa tête inondée de sueur. Calypso, qui, après avoir aboyé aux Prussiens, vient d'entrer par la porte grande ouverte, s'étonne de cette attitude : elle vient flairer le visage pâle, puis, affectueusement, à longs coups de sa langue râpeuse, le caresse....

XVI

C'est dans cette position que les trouva la mère Michaud à son retour. Déjà la porte du bas restée ouverte, la remise bouleversée, et jusqu'à l'odeur de buffleterie qui flottait dans l'air lui avaient révélé qu'il se passait quelque chose. Essoufflée de la course et de l'escalier monté quatre à quatre, elle entra dans la cuisine en reniflant :

« Hum, ça sent le Prussien, ici! » et tout de suite, apercevant Marthe toujours affalée contre la paroi :

« Seigneur! s'écria-t-elle en pâlissant, qu'est-ce qu'ils vous ont fait, pauvre petite?

— Rien », murmura Marthe d'une voix qu'on entendait à peine.

La mère Michaud poussa la porte de la chambre et du regard interrogea Louis. Celui-ci, qui se réveillait, bâilla, puis paisiblement s'informa :

« Au moins, nous rapportez-vous de bonnes choses, madame Michaud?

— Enfin, s'écria la bonne femme en levant les bras, me dira-t-on ce que tout ça signifie? L'une est à moitié morte, tout en disant qu'on ne lui a rien fait : l'autre est dans son lit, tranquille comme Baptiste. J'y vais laisser le peu de cervelle que j'avais, pour sûr! »

Tout en s'exclamant, elle avait pris dans son armoire un flacon d'eau de fleur d'oranger, et s'empressait auprès de Marthe :

« Allons, buvez ça, mon poulet; oust, donc, Calypso! Vous aurez eu une grosse peur, je m'imagine? »

Louis, appuyé sur le coude, regardait de tous ses yeux, cherchant à comprendre : il vit Marthe tomber en sanglotant dans les bras de la mère Michaud; mais, au milieu d'un flot de larmes, elle riait, faisant signe de la tête qu'il n'y avait rien... rien!

Enfin calmée, elle vint s'asseoir près du lit et raconta la scène de tout à l'heure. Des frissons la secouaient encore, au souvenir de ses angoisses :

« Pensez, madame Michaud, si par ma faute, il était arrivé malheur à un soldat de France, et quel soldat encore! »

Et, malgré les douces paroles de Louis, elle recommençait à pleurer.

« Mais, mon pauvre pigeon, dit la bonne femme, vous avez eu dix fois raison d'ouvrir : pouviez-vous lutter, à vous toute seule, contre un régiment? Ah! nous serions propres à l'heure qu'il est, si vous n'aviez pas défait la barre! La résistance aurait fait voir aux Prussiens qu'il y avait anguille sous roche, ils auraient brisé la porte et auraient fouillé partout, sérieusement, cette fois-là! Ce qui s'en serait suivi, j'aime mieux ne pas y penser! Vous avez fait tout juste ce qu'il fallait, ma brave petite!

— Parfaitement, appuya le franc-tireur; et c'est providentiel que je ne me sois pas réveillé : car qui sait si, en face d'un Prussien, je n'aurais pas fait quelque bêtise!... »

Ces raisonnements, dont elle sentait la justesse, dissipèrent les remords de la petite fille; mais d'une telle secousse, elle restait tout ébranlée; il lui fut impossible de toucher au bon fricot de la mère Michaud. Celle-ci ne cessait de remercier le bon Dieu, répétant le mot de Louis :

« Providentiel! oui, pour sûr... jugez!... s'ils étaient venus hier au lieu d'aujourd'hui, quand tous ces pauvres enfants dormaient là!

— Alors, disait Louis, dont le regard s'allumait, on se serait défendu.

— Oui, pensait la mère Michaud : un contre vingt, ou plus encore; car si les Prussiens fouillent les bois, ils sont en force. Et, tout autour de nous, ça grouille d'Allemands. »

Tout un régiment de fantassins était en séjour à Iré-le-Sec et, en traversant la grand'route, elle avait vu briller de loin les aciers d'un escadron de cuirassiers blancs.

. . . .

Cependant, cette journée, celle du lendemain et la troisième, se terminèrent sans que Riquet reparût.

« Rien d'étonnant à cela, disait-on; il aura compris qu'il rendait service en restant avec les hommes un jour de plus; il lui faut le temps de revenir... et puis, il peut avoir mal aux pieds, être obligé de se reposer chez quelque brave Flamand, qui lui aura offert l'hospitalité. »

Tout ces raisonnements n'empêchaient pas Marthe de s'énerver, ni de s'approcher de la vitre vingt fois par jour. De plus en plus anxieuse, à mesure que le temps passait, elle se reprochait à présent de n'avoir pas eu assez pitié de maman Nette, abandonnée depuis tant de jours déjà.... Quand on attend et qu'on s'inquiète, le temps semble si long!

Ce ne fut que vers le soir du quatrième jour qu'un coup discret frappé à la porte annonça du nouveau dans la maison forestière :

« Qu'est-ce que vous feriez si vous rencontriez des soldats français? »

« A la bonne heure! dit la mère Michaud, ce n'est pas des Prussiens qui cogneraient si gentiment. »

Déjà à la fenêtre, Marthe poussait une exclamation de joie :

« C'est bien lui, mais dépêchez-vous, ma bonne madame Michaud : il fait un tel froid! »

Toute frissonnante, elle refermait la fenêtre, prenait la lampe des mains de la bonne femme, afin de l'éclairer dans l'escalier.

Cinq minutes plus tard, Riquet, assis devant le foyer sur une chaise basse, tendait à la flamme ses pieds gonflés. Ce jour-là, le blessé avait, pour la première fois, quitté son lit : on allait donc dîner tous quatre ensemble! Mais, en attendant, la mère aux autres se hâtait de tremper, pour le voyageur, une petite soupe.

« Ça n'est pas de refus, madame Michaud ; vous, au moins, ce n'est pas avec des « grondes » que vous me recevez; vous êtes bonne, vous! »

Riant, il regardait Marthe qui ne cessait de l'accabler de questions et de reproches :

« Jusqu'où as-tu été? Pourquoi es-tu resté si longtemps? Moi qui t'attendais le lendemain du départ!... etc.... »

Vraiment, mam'zelle Marthe en parlait bien à son aise; si elle croit qu'on fait comme on veut, en pays envahi, quand on est une troupe de vingt-cinq hommes armés! Dans le bois du Fays, on avait dû poser un jour presque entier, vu que les cuirassiers blancs ne cessaient pas de défiler sur la grand'route; on était si près d'eux, qu'on entendait le piétinement de leurs gros chevaux sur le chemin craquant de givre! Il fallait se tenir assis ou accroupis derrière les taillis de chênes qui, heureusement, sont encore feuillus : ce qu'on s'était morfondu là-dedans! Pour passer la frontière, il avait fallu attendre la tombée du jour; on avait dormi chez de bons Belges qui avaient ouvert la porte de leur grange et, le lendemain, avaient invité la troupe à prendre le café au lait. Ah! les braves gens! Ce café-là, le bon Dieu le leur rendrait en paradis.

Malgré cet accueil de bon augure, Riquet n'avait pas voulu s'en revenir avant de savoir si vraiment ses amis pouvaient voyager sans aucun risque, en Belgique, autrement que la nuit : ils n'avaient pas, naturellement, envie d'être désarmés! Alors, Riquet était allé seul jusqu'à Torgny, il avait causé avec l'un et avec l'autre : partout, il avait trouvé de la sympathie pour les Français. A un brave gendarme, il avait demandé comme pour causer :

« Qu'est-ce que vous feriez, si vous rencontriez des soldats français, des évadés de Sedan, je suppose, qui auraient conservé leurs fusils? »

Et le bon Pandore avait répondu :

« Pour une fois, je ferais semblant de regarder autre part. »

« Alors, dit Marthe, tu devais être rassuré tout à fait, et tu n'avais plus qu'à revenir. »

Sans doute, mais voilà! Ils avaient rencontré une bande d'échappés de Metz, désarmés ceux-là, les pauvres diables, qui s'en allaient clopin-clopant; ils avaient mauvaise mine : dans les fossés de Metz, ils ont tant pâti... et parmi ceux-là, voilà-t-il pas qu'un de leur troupe, le brave Cogne-Toujours, avait retrouvé l'un de ses frères! Justement, celui-là était le plus malade de la bande; une vieille blessure reçue à Gravelotte et qu'il croyait guérie s'était remise à saigner; il était sans le sou, sans linge, presque sans habits; de le voir se traîner sur le chemin, ça vous tirait les larmes... si bien que Cogne-Toujours disait en mâchonnant sa grosse moustache :

« J'ai juré au général de rejoindre tout de suite l'armée du Nord; et pourtant, abandonner mon frère dans l'état où je le vois, c'est dur.... »

Alors Riquet s'était souvenu d'une très bonne personne, une vieille dame riche de Montmédy, qui, dès le commencement de la guerre, s'était retirée à Virton. Il avait promis à Cogne-Toujours de ne pas quitter son frère avant de l'avoir confié à cette bonne dame, qui certainement en aurait soin : et le franc-tireur était parti rassuré, après avoir vu le malade installé, près de Riquet, dans la carriole d'un charitable Flamand; ces gens-là, décidément, ont du cœur et sont amis de la France!

A Virton, tout avait marché comme sur des roulettes; on avait trouvé la bonne dame, et elle avait promis de soigner le soldat blessé comme son propre fils.

On ne se lassait pas d'écouter Riquet, racontant ses aventures : on avait dîné, la grosse horloge avait décroché le coup de huit heures, et on causait encore autour du feu de la mère Michaud. Louis faisait mille questions sur ses hommes; Marthe félicitait le voyageur.

« Alors, dit celui-ci, tu comprends à présent pourquoi je ne suis pas revenu dès le premier jour?

— Oh! oui, va, mon bon Riquet, je comprends tout, et je vois que j'étais bien injuste de t'en vouloir, car tu n'as fait que de bonnes choses; et puis, tu sais, ici nous avons vu des Prussiens! Encore un peu, ils arrêtaient Louis et nous le fusillaient.... J'en ai eu une, de ces peurs!...

— Ça, c'est un conte bleu, dit Riquet dans un grand bâillement. Mamz'elle Marthe se paie ma tête, comme on dit. »

Marthe allait protester, mais la mère Michaud lui fit un signe : le pauvre gamin tombait de sommeil, mieux valait ne pas le troubler ce soir avec le récit de la grosse peur.

Dans un coin de la cuisine, on avait étendu un petit matelas auquel Riquet faisait les yeux doux :

« Pourtant, dit-il, il y a encore une chose que je tiens à dire à Marthe, avant d'aller me coucher : c'est qu'en revenant j'ai rencontré le colporteur qui vient vendre les journaux de Belgique à Juvigny. Nous avons fait ensemble un bout de route; je lui ai demandé quand il irait par là, et il m'a répondu que ce serait, probablement, dans trois ou quatre jours. Alors, je l'ai chargé de dire à papa Richard que nous sommes à Iré-le-Sec, chez M. le Curé.

— A Iré-le-Sec, chez M. le Curé? » répéta Marthe.

Ahurie, elle le regardait, se demandant s'il n'avait pas laissé en Belgique une partie de sa raison.

« Certainement, mam'z'elle Marthe : à Iré-le-Sec, chez M. le Curé. Je me serais bien gardé de parler de l'Embuscade à cette vieille pie, qui ne colporte pas seulement ses journaux, mais toutes sortes de racontars : pas besoin d'attirer l'attention des gens sur une maison où se trouve un franc-tireur. Je lui ai donc bâclé une petite histoire, comme quoi ma sœur de lait est retenue à Iré-le-Sec, à cause de ses pieds tout pleins d'ampoules : dans ce mensonge-là, il y a la moitié qui est vérité. Comme ça, papa Richard saura que s'il veut nous reprendre, il faut venir nous chercher avec une voiture.

— Mais, malheureux, tu seras cause qu'il ira vous chercher à Iré-le-Sec, où vous n'êtes pas!

— Tout s'arrangera, madame Michaud; tout à l'heure, en passant à Iré-le-Sec, je suis allé trouver M. le Curé auquel j'ai raconté toute l'affaire. Un curé, c'est toujours discret, n'est-ce pas? »

Sur ce, Riquet s'en fut s'étendre sur son matelas, et, d'un seul somme, dormit quatorze heures.

XVII

Aucun incident ne marqua les jours qui suivirent. Chaque matin et chaque soir, la mère Michaud pansait la jambe malade, pour laquelle Marthe avait préparé la fine charpie. Riquet faisait les courses, ramassait dans la forêt le bois mort qui ne manquait pas. En somme, sans l'amer souvenir des choses d'hier et l'appréhension de celles de demain, on eût été tranquille, presque heureux dans cette calme maison forestière, où ne parvenaient pas les bruits du dehors; mais, malgré soi, on pensait....

Tout en s'avouant à elle-même qu'il était temps de retourner auprès de maman Nette, Marthe se préoccupait du retour à Juvigny. Aussi douce qu'énergique, elle avait horreur des luttes de paroles, des récriminations, des explications qui n'expliquent rien. Chose étonnante : Riquet, ordinairement craintif devant papa Richard, ne semblait point inquiet. A cette question de Marthe :

« Qu'est-ce que nous leur dirons, pour les apaiser? »

Il répondait avec flegme.

« Nous ne leur dirons rien du tout. Pas la peine d'essayer de leur faire comprendre ça. »

Si on lui eût demandé ce qu'il entendait par « ça », il eût été fort empêché de l'expliquer; cependant, il se comprenait, et savait bien qu'il était compris de Marthe. « Ça » représentait ces sentiments nouveaux que la guerre avait fait naître dans le cœur de Marthe, et qui, du cœur de Marthe, avaient, peu à peu, passé dans le sien : l'amour du pays, le souci de son honneur, le désir de se dévouer pour cette France à laquelle autrefois on pensait si peu.

« Il a raison, se dit Marthe. Ces choses-là ne s'expliquent pas, elles se sentent : malheureusement papa Richard et maman Nette ne les sentent pas. »

Le soir, autour du feu, on n'en finissait pas de causer. On refaisait ce qu'on appelait : la scène du Prussien. Riquet, sur la porte de la cuisine, représentait l'Allemand ; il désignait la porte de la chambre, et Marthe, la main sur le loquet, prenait plaisir à revivre la terrible minute....

Puis, Riquet reprenait les diverses péripéties de son voyage ; il racontait sa conversation avec le vieux colporteur, et comment il avait subi de longs et ridicules bavardages afin d'attraper quelques nouvelles. Avec de copieux détails, le bonhomme avait raconté l'expédition de papa Richard dans la forêt de Woëvre, à la recherche des fugitifs ; éreinté, autant que bredouille, il était revenu au bout de deux jours, rapportant une des jarretières de Marthe, trouvée près de la fontaine Saint-Dagobert. Mais dans le village on parlait avec éloge de la démarche des deux enfants, tandis qu'on flétrissait la conduite de Trousslard et de Saint-Raymond. Dans un trou comme Juvigny, tout se sait : l'histoire était venue aux oreilles de M. le Maire, qui ne s'était pas gêné pour traiter les deux garçons de lâches et de vendus ; si bien que ceux-ci, n'osant plus se montrer, plus que jamais passaient leurs journées blottis dans le grenier à foin, d'où ils ne sortaient que le soir.

« De vrais oiseaux de nuit, » disait en riant le vieux colporteur.

Et Marthe, en écoutant le récit de Riquet, murmurait :

« Les malheureux ! »

Dans son cœur, pitoyable à toutes les misères, elle les plaignait plus que les braves tombés à Gravelotte ou à Sedan.

« Est-il possible, disait Louis en serrant les poings, est-il possible qu'il existe de pareils monstres ? Ah ! si je les tenais, ces Judas ! »

Mais la mère Michaud, secouant sa vieille tête grise, rectifiait :

« Des monstres, non : des peureux, et aussi des nigauds qui n'ont pas compris ce qu'ils faisaient. Il faut leur donner le pardon que Jésus-Christ donnait à ceux qui l'ont cloué sur la croix. »

De nouveau, la neige étendait sur la forêt son beau manteau de fourrure blanche. Rien, dans l'air glacé, ne troublait le grand silence, sinon, à certains jours, un bruit sourd et triste, qui serrait les cœurs : le canon de Montmédy ; car la vaillante petite forteresse tenait encore.

Il y avait quatre jours depuis le retour de Riquet, lorsqu'on reçut la visite du curé d'Iré-le-Sec. Aussi discret, aussi prudent qu'on pouvait le désirer, il venait lui-même afin de n'attirer sur l'Embuscade l'attention de personne, et il arrivait porteur de grandes nouvelles. L'avant-veille, 9 novembre, Verdun avait, à son tour, cédé à la mauvaise fortune et ouvert ses portes à l'ennemi.

« La capitulation est honorable, très honorable, répétait le bon prêtre, cherchant à adoucir le coup qu'il venait de porter. La garnison a eu les honneurs, les intérêts des habitants sont sauvegardés ; à la fin de la guerre, tout le matériel fera retour à la France. »

N'importe ! Les coudes appuyés sur ses genoux et le front dans ses deux mains, Marthe pleurait, pleurait éperdûment.

Comme un fauve, Louis allait de long en large dans la cuisine, sans dire un mot.

« Las ! mes pauvres enfants, murmurait la mère Michaud, on savait bien pourtant que c'était à ça qu'il faudrait en arriver. »

Mais tout en prêchant la résignation, elle-même ne faisait qu'essuyer ses vieilles paupières, habituées aux larmes.

« T'as compris, dit Riquet en touchant le bras de Marthe. C'est papa Richard qui a porté la nouvelle à Iré-le-Sec. Papa Richard est là, qui vient nous chercher. »

UNE MINUTE LE PRUSSIEN RESTA LA.

Oui, papa Richard, averti par le colporteur, était arrivé il y avait une heure à peine :

« Je l'ai laissé chez moi, en train de manger un morceau, expliqua M. le Curé, et je suis venu en avant pour vous prévenir, au cas où vous auriez à faire quelques préparatifs. M. Richard compte bien remmener les enfants aujourd'hui même, et les jours sont si courts.... »

Marthe, toute pâle et le visage ruisselant, était déjà debout :

« Mais bien sûr, il faut partir!... Si Verdun est rendu, papa va s'en aller en Allemagne, prisonnier des Prussiens, pauvre papa! Et alors Valentine?

— Valentine va s'en revenir à Juvigny, dit Riquet. Qui sait? Elle y est peut-être dès à présent.

— Oh! mon Riquet, tu crois? Bien vite, alors! »

Toute tremblante, elle courait au placard où le pauvre corsage Garibaldi se reposait de ses fatigues : pour le ménager, depuis qu'elle était à la maison forestière, Marthe s'habillait d'un vieux « caraco » de la mère Michaud.

Se retournant, elle se trouva en face de Louis :

« Et moi? » dit-il en la regardant au fond des yeux.

Subitement, elle comprit.

Avant de courir une fois de plus l'aventure terrible, avant d'offrir de nouveau son sang, sa vie... Louis voulait revoir Valentine. Comme une halte dans un lieu frais rend la force au voyageur fatigué, un moment passé près de Valentine, en faisant renaître la joie dans son âme, doublerait le courage du franc-tireur. Et cette consolation suprême, il était en droit de l'exiger. A celui qui va mourir, refuse-t-on le viatique?

Tout cela, Marthe le lut en une seconde dans le regard déterminé du jeune homme.

« Mon pauvre Louis, murmura-t-elle, comment ferons-nous? »

Déjà l'accord s'était fait entre eux de telle sorte, que le désir de l'un était devenu celui de l'autre : déjà Marthe ne voyait plus la possibilité de partir sans Louis.

« Comment ferons-nous? » disait la petite fille.

En effet, comment proposer à papa Richard, au prudent, au craintif papa Richard, de recevoir un franc-tireur dans sa maison? Papa Richard n'avait-il pas, et ceci on ne s'en souvenait pas sans amertume, approuvé la démarche anti-française des deux garçons de Juvigny?

Le village, la maison, la récolte, le foin dans les granges et le blé dans les greniers, voilà ce qui touchait papa Richard. Allait-on lui parler de risquer sa tranquillité, ses biens, tout ce qui tenait aux entrailles, pour une idée, pour un mot? L'idée de patrie n'était pas entrée dans l'étroit cerveau de papa Richard. Le mot « honneur », était pour lui vide de sens.

« A-t-il l'air bien fâché contre nous? » demanda Marthe au curé d'Iré-le-Sec.

Le prêtre parut étonné :

« Pas du tout, » répondit-il.

Riquet, debout près de la fenêtre, paraissait plongé dans une mer de réflexions.

« V'là papa Richard, dit-il tout à coup. Si on veut, moi je me charge de lui demander d'emmener M. Louis. »

XVIII

Le soir de ce même jour, une charrette couverte d'un grossier capotage en toile grise avançait au tour de la roue dans le chemin qui, au sortir du bois de l'Embuscade, mène à Juvigny. Sur des bottes de paille, au fond de ce véhicule, étaient assis Riquet, Marthe et Louis Leblanc, ce dernier tenant entre ses mollets son fusil d'ordonnance, déchargé. Papa Richard conduisait la carriole, et tâchait d'exciter, par de fréquents claquements de langue, le vieux cheval maigre. A dessein il avait emprunté ce mauvais équipage au messager, qui avait un passeport des Allemands : toujours prudent, papa Richard!

Comment, lui connaissant ce caractère, expliquer qu'il eût consenti à emmener Louis Leblanc?

C'est à quoi rêvait Marthe, tout en se pelotonnant comme une souris frileuse, entre les bottes de paille. Elle revoyait la scène étrange qui venait d'avoir lieu dans la maison forestière : Riquet, sans attendre la première parole de son grand-père — parole qui, c'est probable, eût été un reproche, — avait pris, comme on dit, le taureau par les cornes et posé crânement la question : Papa Richard voulait-il bien recevoir chez lui, pour une huitaine, M. Louis Leblanc, le fiancé de Valentine? D'ailleurs, on ne lui cachait pas la vérité : M. Leblanc était bel et bien l'un de ces francs-tireurs qui depuis quelques jours mettaient en émoi tout le pays. Papa Richard avait entendu parler peut-être d'une escarmouche, de coups de feu échangés au petit jour sur la route de Louppy?

Sûr qu'on en avait entendu parler! Les Prussiens étaient passés dans Juvigny, à toute bride; ils avaient, disait-on, laissé deux blessés à la Madeleine, dont l'un, depuis, était mort. Et ils avaient imposé une grosse amende aux villages d'alentour, à titre d'indemnité. Heureux encore d'en avoir été quittes avec de l'argent, sans incendie ni pillage!

« Eh ben donc, papa Richard, avait dit Riquet, c'est dans cette petite affaire-là que Louis a été blessé; même que j'en étais, moi, de l'affaire, et Marthe aussi. Ah! dame! nous avons trimé, vous savez!

— T'en... t'en étais? Et Marthe aussi? » avait, dans son ahurissement, balbutié papa Richard. Vraiment, cette fine mouche de Riquet avait pris le bon moyen, pour éviter toute récrimination : rouler du premier coup ce brave homme de papa Richard dans un flot d'invraisemblances, le submerger dans l'extraordinaire.

Pour lors, Marthe aussi s'était battue avec les Prussiens? Et à présent on lui demandait, à lui, de donner asile à un franc-tireur?

Abasourdi, papa Richard était resté bouche bée, planté debout, ne voyant pas la chaise que la mère Michaud s'obstinait à lui offrir. Marthe avait deviné le combat qui se livrait sous le vieux front à mèches grises : la sueur l'inondait, ce pauvre vieux front! La bouche aux lèvres gercées se contractait, les rides du vieux visage se faisaient plus profondes; et, cependant, papa Richard ne disait pas non. Pourquoi? Il y a seulement quinze jours, c'est ce qu'il eût fait, bien sûr et tout de suite. Y avait-il donc quelque chose de changé? Papa Richard commençait-il à comprendre, lui aussi, les choses qui ne s'expliquent pas?

Il avait demandé, non sans angoisse :

« Mais le fusil? au moins on n'emporterait pas le fusil; raisonnons un peu.

— On pourrait le laisser ici, avait dit la conciliante mère Michaud; M. Louis le reprendrait en passant, quand il s'en ira pour tout de bon vers les armées du Nord. »

Mais Louis, implacable, avait déclaré :

« Mon flingot et moi, nous ne nous séparons jamais.

— Au moins, déchargez-le! »

Et à ce mot qui signifiait clairement : « Malgré le tourment que ça me cause, je vous emmène », Louis avait, sans un mot, serré dans les siennes les mains du vieux paysan.

« Baste! c'est sans danger, répétait Riquet, tandis qu'on faisait les derniers préparatifs, puisque pour le moment il n'y a pas de Prussiens à Juvigny. »

Bon raisonnement, si on veut : cependant on savait fort bien que les Prussiens pouvaient arriver sans crier gare, d'une minute à l'autre. Pourquoi papa Richard n'avait-il pas dit tout carrément :

« Je ne veux pas exposer ma maison à être brûlée, comme l'ont été les maisons de Falaise; ni moi-même à être traîné en Prusse, comme l'ont été les hommes de Châteaudun? »

Pourquoi? Marthe se demandait si, entre cet héroïsme subit et ce qu'avait conté le colporteur, au sujet de Trousslard et de Saint-Raymond, il n'y avait pas quelque rapport. Oui, sans aucun doute, c'était cela. Papa Richard se souvenait avec remords d'avoir approuvé la démarche lâche; il éprouvait comme un besoin de se réhabiliter en face de lui-même.... Héroïque, il l'était à sa façon, pauvre papa Richard! il l'était sans plaisir, sans enthousiasme; mais il l'était, en conduisant vers Juvigny la carriole qui portait le franc-tireur et sa fortune.

Tandis que Marthe contemplait, d'un œil attendri, le vieux dos courbé, ses pensées prenaient peu à peu un autre cours, s'en allaient vers son père et Valentine.

En ce moment, la petite fille eût donné tout ce qu'il lui restait d'années à vivre pour apercevoir Valentine, là, sur la route. Mais dans la nuit qui commençait à s'épaissir, on ne voyait rien. Parfois un coup de vent balayait la neige attachée aux branches des peupliers, et la lançait au visage des voyageurs, dans un tourbillon glacé.

Enfin on approchait de Juvigny. Déjà quelques points lumineux perçaient çà et là l'obscurité. Le vieux cheval, qui sent[ait] l'écurie, allongeait ses jambes maigres.

« Cré bon sang de tonnerre de nom [de] nom! » jura tout à coup papa Richar[d] dans sa vieille barbe.

Dans la bise qui, ayant passé sur [le] village, leur en apportait les bruit[s] arrivait un son grêle, aigre comme u[n] filet de citron : le fifre, appelant le[s] hommes à quelque corvée.

« Monsieur Richard, dit à demi-voi[x] Louis Leblanc, je comprends vos craintes : arrêtez que je descende, je ne veux pas attirer le malheur sur votre maison. »

Papa Richard se contenta de hausser les épaules tandis que Riquet marmottait :

« Belle avisure! et après, quand les Prussiens vous auront pigé? »

Marthe avait saisi le bras de Louis et le tenait dans ses deux mains, de toutes ses forces.

Il porta la main à son chapeau.

« Si seulement, gémit papa Richard, on n'avait pas emporté le fusil!

— C'est pas tout ça, dit Riquet, résolument. Le mollet n'est pas assez guéri pour qu'on s'en retourne à pied à l'Embuscade; le cheval est fourbu, on ne peut pas lui demander de refaire la course en sens inverse; et passer la nuit dans un fossé, c'est prendre la mort. Alors, quoi? Au lieu d'entrer dans le village par la rue, prenons le chemin creux, derrière les jardins; nous entrerons dans le verger par le fond et papa Richard ouvrira la chambre à four : vous avez la clef, mé, papa Richard?

— Je l'ai, répondit le vieux paysan.

— Alors, va bien.... La chambre à four ouverte, en un saut M. Louis s'y fourrera, et le plus gros sera fait. Après ça, je trouverai bien le truc de lui apporter de quoi souper, et une botte de paille : à la guerre comme à la guerre, c'est le cas de le dire.

— Les Prussiens ne sont jamais allés dans la chambre à four? demanda Marthe à voix très basse.

— Jamais, répondit Riquet sur le même ton. Qu'est-ce qu'ils iraient y faire? »

A mesure qu'on approchait, une rumeur de plus en plus intense annonçait dans le village une grande agitation; pour sûr, la population de Juvigny était doublée ce soir-là. Pourvu, Dieu du ciel! qu'il n'y eût aucun Allemand dans le chemin creux!

Au moment où la carriole s'y engageait, la lune émergea de derrière les nuages, et répandit sa clarté bleuâtre sur le sol blanc de neige. A sa lumière, on vit se détacher sur la blancheur du chemin une silhouette d'homme.

« Trousslard! murmura Riquet. Autant vaudrait un Prussien.

— Non », fit Marthe, sur un ton de reproche.

Et comme la carriole s'arrêtait devant la petite porte du verger :

« Attendez-moi une minute, sans descendre », glissa-t-elle à l'oreille de ses compagnons.

Légèrement elle sauta dans la neige et courut vers le garçon qui s'avançait à petits pas. Marthe venait de prendre une résolution hardie.

« Monsieur Trousslard! dit-elle en abordant le jeune homme, voulez-vous me rendre un grand service? »

Il tressaillit et, sans répondre, porta la main à son chapeau de feutre mou.

« Écoutez, continua la petite fille, et surtout, gardez-moi bien le secret. Vous êtes un homme d'honneur, je me fie à vous. J'ai des raisons de désirer beaucoup que les Prussiens ne nous voient pas rentrer chez papa Richard, par le verger. Voulez-vous aller vite au croisement de la route et du chemin creux, et voir si aucun Allemand ne vient vers nous? S'il en vient un, vous sifflerez la *Wacht am Rhein*; si le chemin est libre, vous sifflerez un air français, à votre choix.

— La Casquette », dit le garçon.

Aux paroles de Marthe, sa grosse face, plutôt bête que méchante, s'était illuminée soudainement.

La fillette revint en hâte à la carriole :

« Papa Richard, dit-elle à voix très basse, allez vite ouvrir la porte de la chambre à four. »

Mais au moment où, à la suite du vieillard et de Riquet, Louis Leblanc s'apprêtait à descendre, elle le repoussa d'un mouvement brusque :

« Cachez-vous! » murmura-t-elle.

Du haut du chemin creux leur arrivait, sifflé par des lèvres habiles, l'air trop connu de *la Garde du Rhin*. Au même instant des pas lourds résonnèrent et on vit paraître un détachement; six hommes marchant au pas, dont deux portaient la moitié d'un mouton fraîchement tué. Ils passèrent, contournant la carriole, au fond de laquelle se rencognait le franc-tireur, son fusil serré entre les genoux.

Une minute s'écoula, puis de nouveau parvint, du fond du chemin creux, l'air joyeusement sifflé de *la Casquette*.

« Bien vite, descendez, » dit Marthe.

Louis descendit, se glissa dans le jardin. Il était à demi perclus de froid. Pour qu'il marchât plus librement, Riquet portait le fusil.

Papa Richard entra le premier dans la

petite bâtisse isolée au fond du jardin; il frotta une allumette, alluma la lanterne qui, avec une vieille chaise dépaillée, composait tout l'ameublement de la chambre à four. Avec respect, Riquet déposait dans un coin le fusil du franc-tireur.

« Une bonne affaire, dit-il, c'est que vous ne gèlerez pas : je vois qu'on a cuit ce matin, il y a encore tout plein de cendre chaude sur la plaque. Et n'ayez crainte, je vous apporterai à souper. »

Cependant, à cette heure, Louis comprenait la vérité de cette parole : l'homme ne vit pas seulement de pain.

« Marthe, Marthe, implora-t-il, ayez pitié de moi, venez m'apporter des nouvelles de Valentine! »

Mais sans laisser à la petite fille le temps de répondre, papa Richard poussait les enfants dehors, et refermait la porte à double tour.

« Ça ne fait rien, dit Riquet à l'oreille de sa sœur de lait, il n'y a que toi pour avoir de pareilles idées : faire garder le chemin par le Trousslard! »

Un sourire angélique éclaira la figure de Marthe tandis qu'elle répondait :

« Je l'aide à se réhabiliter. Tâche donc de comprendre, toi aussi. »

Ils marchaient rapidement vers la maison, abandonnant papa Richard qui, avec la carriole, était obligé de faire le grand tour. Soudain une forme sombre apparut, qui venait à leur rencontre : une robe noire, un bonnet lorrain.

« Ah! maman Nette, quel bonheur de vous revoir! »

La bonne femme ouvrit les bras tout au large :

« Ah! méchants petits, vous m'en avez fait faire, du mauvais sang! »

En fait de reproches, ce fut tout.

« Calypso jappait sous la fenêtre, comme une folle; alors j'ai compris que c'était vous. Mais écoutez : Valentine et le commandant sont là; le commandant s'est échappé cette fois-ci encore, habillé en ouvrier. Il faut prendre garde, la maison grouille de Prussiens.... »

Avec un cri étouffé, Marthe s'arracha des bras de la bonne femme et s'élança vers la maison.

Quant à Riquet, il hésita une seconde. Il avait, certes, autant qu'un autre envie de revoir Valentine et le commandant; mais plus encore il avait pitié de celui qu'on venait d'enfermer à double tour dans la maisonnette. Pendant ces quelques jours il s'était attaché de toutes ses forces au garçon séduisant qu'était Louis. En deux sauts, Riquet fut à la porte de la chambre à four. Après s'être assuré qu'il ne rôdait personne aux environs, il demanda, la bouche collée au trou de la serrure :

« M'entendez-vous? »

Et de l'intérieur une voix répondit :

« Sans doute.

— Eh bien! alors, soyez content : Valentine est là! »

XIX

Dans le « poêle », vaste pièce ainsi nommée du petit poêle de faïence qui la chauffait, Valentine et Marthe pleuraient dans les bras l'une de l'autre. Oh! se retrouver, se sentir cœur contre cœur, s'embrasser jusqu'à en perdre le souffle, que c'était bon, malgré tout!

Marthe, en coup de vent, avait traversé le corridor, entr'ouvert la porte de la cuisine : mais bien vite elle avait reculé devant l'odeur âcre et le vacarme. Pauvre cuisine hospitalière, où flottait sans cesse un appétissant parfum de soupe au lard, qu'en avaient-ils fait, ces Teutons! Mais où pouvait donc être Valentine? La main sur le loquet, Marthe allait pousser la porte de la « chambre devant », lorsque maman Nette était arrivée tout essoufflée :

« N'entre pas là, malheureuse! La chambre de l'officier! »

Elle prononçait le mot « l'officier », avec une respectueuse terreur.

« Ils sont partout! On ne nous a laissé que le poêle! »

Marthe avait couru au poêle, et enfin, là, trouvé Valentine, assise sur une chaise basse dans l'obscurité.

« Ne faites pas de bruit, recommandait maman Nette; ne causez pas! Surtout, qu'on ne sache pas d'où arrive Valentine! »

Elles causaient cependant, mais tout bas, par petites phrases hachées :

« Quand es-tu arrivée? demandait Marthe.

— Tout à l'heure. Un quart d'heure avant toi, seulement.

— A pied?

— A pied, oui. En nous cachant.

— Pauvre Verdun! Y a-t-il beaucoup de mal? Notre maison?

— Six bombes; mais elle tient toujours. Notre grande Sainte Vierge a eu la tête emportée. Nos lits sont en miettes. Il n'y a plus une seule vitre.

— Mais papa, papa? Il a réussi à s'échapper! Pourquoi n'est-il pas ici?

— Dans le grenier : maman Nette l'a fait cacher tout de suite, parce que, disait-elle, les Prussiens l'auraient vite reconnu pour un officier. Même en civil, avec un bourgeron que lui a prêté le père Dominique, il conserve un air si militaire....

— Au grenier, répéta Marthe. J'y vais! »

Déjà elle s'élançait. Mais maman Nette la retint.

« Tête folle! Veux-tu te tenir tranquille! Le bon Dieu fait que jusqu'à présent les Prussiens n'ont pas l'air de penser au grenier; avec tes allées et venues, vas-tu les y attirer! Ces jeunesses, ça n'a pas un sou de plomb dans la cervelle! Qu'est-ce que vous avez été rôder partout par là, toi et Riquet? »

Les paroles étaient grondeuses, mais le ton de la voix ne l'était pas. Au fond, maman Nette était plutôt fière de l'équipée des deux enfants, que, dans le village, on louangeait.

« Ma chérie, murmurait Valentine en reprenant sa petite sœur dans ses bras, je sais ce que tu as fait. Tu es une petite héroïne, une petite Jeanne d'Arc! Je suis fière de toi! Raconte-moi ce que tu as fait dans la forêt de Woëvre, mon trésor. »

Au milieu de ses larmes, Marthe sourit :

« Si elle le savait! » pensa-t-elle.

Mais elle ne voulait pas révéler à sa sœur la présence de Louis avant que leur père fût prévenu. Ce qu'il fallait avant toutes choses, c'était obtenir le pardon....

Elle raconta, nommant les francs-tireurs par les noms pittoresques qu'ils s'étaient donnés : l'Enragé, Cogne-Toujours. Même elle parla du « général », ce garçon si sympathique, qui avait été blessé dans une escarmouche, puis recueilli à la maison forestière de l'Embuscade. Elle donnait tous les détails, et Valentine écoutait cette histoire qui lui semblait un conte des *Mille et une Nuits*. Combien plus avidement l'eût-elle écoutée encore, si elle eût su!

En même temps, papa Richard et Riquet conféraient dans un autre coin du poêle :

« Ça ne vous coûterait qu'une douzaine de bouteilles de vin des Côtes, disait le petit garçon.

— Je me moque un peu de mon vin des Côtes, répondait papa Richard avec un soupir qui signifiait : « Je risque bien autre chose, aujourd'hui. » Ce que je dis, c'est que le « schnaps »[1] agirait plus vite et plus sûrement. »

Une fois déjà, au temps de sa petite enfance, papa Richard avait vu l'étranger dans le pays. Il se souvenait de l'occupation de 1815, et quelques mots d'allemand, tombés dans l'oreille du petit garçon, revenaient volontiers sur les lèvres du vieillard.

« Va donc pour le schnaps! » dit Riquet, enchanté du succès de son idée.

Il se trouvait près de la porte de la cuisine et n'avait pas pris soin de baisser la voix. Les Prussiens, occupés à faire la soupe, saisirent au vol le mot bienheureux.

« *Schnaps, ya!* » répéta un colosse blond, dont la fonction était de remuer le brouet, à l'aide d'une spatule de bois.

Et il riait d'un gros rire, montrant de belles dents qui avaient faim.

« Ça vous va, le schnaps, pas vrai? dit Riquet en déposant sur le dressoir une bouteille pansue. Eh bien! en voilà. Usez, abusez même, si le cœur vous en dit : ça ne coûte rien!

— C'est du tord-boyaux, première qualité, confiait papa Richard aux jeunes filles. Je ne vous dit que ça, nous allon srire! »

1. Eau de vie.

Une heure après, sur huit Hanovriens attablés dans la cuisine, six étaient endormis; l'un renversé sur le dossier de sa chaise, l'autre dodelinant de la tête à droite et à gauche, les derniers à demi couchés sur le dressoir, le front dans les bras. Les deux vaillants qui tenaient bon cherchaient, à grand renfort de chants patriotiques, à éloigner le sommeil; cependant le schnaps de papa Richard devait à la fin avoir raison de toutes les « Vaterland » de leur répertoire. Riquet, tel un malin petit faune épiant ces Silènes germaniques, se tenait embusqué dans l'entrebâillement de la porte.

« Ne faites pas de bruit, » recommandait maman Nette.

Lorsque les soldats furent à point, il appela les jeunes filles :

« Venez, mais venez donc les voir! C'est à payer sa place, venez!

— Merci, répondit Valentine. Quand je les vois, c'est par force, jamais par plaisir. »

Marthe, qui s'était avancée jusqu'au seuil de la cuisine, à la vue de ces huit grands corps vautrés dans l'ivresse, eut un mouvement de recul :

« Oh! dit-elle à Riquet d'un ton de reproche, pourquoi donc?... »

Mais elle n'acheva pas la question, devenue inutile : elle comprenait le plan de Riquet. Le commandant Deshayes venait de pousser la porte qui, du grenier, donnait accès dans la cuisine. Son regard, un instant, se posait sur ces hommes jonchés de-ci, de-là, puis, rapidement, il traversait la pièce, enjambant les corps....

« Oh! ma petite fille, ma petite fille chérie! »

Marthe tombait dans les bras de son père, et le reste du monde était oublié.

« Tout de même, disait maman Nette en regardant ses huit Hanovriens qui, l'un après l'autre, avaient glissé à terre, ils tiennent de la place, dans ce sens-là. Ils ont bien gobeloté, ils ont leur compte; mais chacun son tour, et si je pouvais faire ma soupe, ça m'arrangerait. »

A ce moment, on entendit des pas dans le corridor : l'officier, astiqué, brossé, pommadé, sortait pour aller retrouver ses camarades à l'auberge et dîner avec eux. Riquet, l'homme aux résolutions rapides, ouvrit brusquement la porte qui donnait sur le corridor. L'officier, en passant, jeta un coup d'œil dans la cuisine et, devant l'édifiant spectacle, s'arrêta. C'était un homme d'environ cinquante ans, à la face colorée, au regard habituellemenf calme, plutôt bienveillant.

Cependant, à la vue de ces hommes ainsi abrutis, l'expression de son visage se transforma, un éclair de fureur passa dans ses yeux bleus. Les bras croisés, il les regarda une minute; puis, dans un flot d'injures pressées les unes au-dessus des autres comme des vagues, il laissa déborder sa colère. Si encore il se fût contenté d'accumuler les épithètes malsonnantes que lui fournissait la langue germanique, si riche! Mais, en même temps, il poussait de la botte les pauvres diables, fort désagréablement réveillés. Tous debout en un clin d'œil, ils ébauchèrent le salut; le moins ivre rectifia la position.

« *Fort! Fort!*[1] » criait le capitaine en indiquant la porte de la grange.

Pendant cette scène, le commandant Deshayes se dissimulait dans le coin le plus obscur du poêle.

Riquet prit la lanterne et guida les hommes jusqu'au tas de foin, sur lequel ils se laissèrent tomber comme des corps morts. Enfin, on était maître de la place!

« Mon tord-boyau vaut les chassepots », disait papa Richard, tout content.

Grâce à l'activité de maman Nette, assez vite on put s'asseoir autour d'une soupière fumante : il y avait deux jours que le commandant et Valentine n'avaient rien mangé de chaud. A la chandelle, on ne se voyait encore qu'à moitié bien; cependant Marthe constatait combien la pauvre Titine avait maigri.

1. Dehors.

« C'est bien de ça qu'il s'agit! » disait Valentine avec un peu d'impatience.

On avait, en effet, tant de choses à se raconter!

Ce fameux soir où, du fond du jardin, on avait entendu le canon, le feu avait pris chez le commandant. Valentine et la vieille bonne étaient remontées de la cave, malgré le danger, et avec quelques seaux d'eau avaient réussi à l'éteindre; mais que de battements de cœur! A Verdun, beaucoup de maisons avaient brûlé.... La bonne demoiselle Leblanc, guérie de sa sciatique, était venue s'établir à Charny, village tout proche de Verdun; et, le jour même de la reddition, elle était rentrée dans la ville.

Elle aussi racontait de terribles choses. Un notaire de Charny, convaincu d'avoir prêté sa voiture à des francs-tireurs, avait été jugé sommairement, condamné à mort, et, sur-le-champ, fusillé; il était mort en brave et en chrétien. Mlle Leblanc l'avait vu passer, très crâne, souriant à ceux qui, les larmes aux yeux, le regardaient marcher à la mort.

Cette heure passa rapide, après tant d'autres si mortellement longues; presque heureuse, après tant d'autres si cruelles. Mais il fallait, avant le retour de l'officier prussien, songer à la sûreté du commandant. Le grenier, selon papa Richard, n'était pas une cachette sûre : la chambre à four, au fond du verger, à la bonne heure! En l'entendant proposer d'y porter deux bottes de paille et des couvertures, Marthe pâlit.

« Mon pauvre bijou, lui dit son père; ça te chiffonne de penser que je ne coucherai pas dans un lit? Ne sais-tu pas ce que c'est que la guerre, toi qui as reçu le baptême du feu? »

L'exploit de sa petite fille emplissait d'orgueil le cœur du commandant Deshayes.

Déjà remise, Marthe pensait :

« Dieu le veut ainsi : c'est sans doute un bien. Père est si bien disposé ce soir, si attendri! C'est moi qui accompagnerai père à la chambre à four, dit-elle tout haut. Il fait nuit noire, mais j'irais les yeux fermés.

— Nous irons nous deux, » dit Riquet.

Il avait été convenu que, pour ne pas attirer l'attention des Allemands, on traverserait le verger à l'aveuglette ; la lune, si brillante tout à l'heure, était couchée, et le ciel était d'encre.

Riquet marchait le premier, cachant quelque chose sous son manteau : le souper du franc-tireur, bien enveloppé dans une serviette. Le commandant suivait Riquet, et Marthe, le cœur battant, se serrait contre son père :

« C'est le froid qui te fait trembler pareillement? » demanda celui-ci qui la sentait frissonnante. Non, ce n'était pas de froid que tremblait la petite fille. Elle se disait :

« Il faut que je l'avertisse. Il était si fâché contre Louis : que va-t-il arriver, mon Dieu? »

Lorsqu'ils passèrent devant la gloriette de papa Richard, elle murmura :

« Entrons ici une minute, père aimé. »

Et tout aussitôt, d'une voix qu'on entendait à peine :

« Père, dit-elle, il faut que tu saches.... »

L'émotion l'empêcha d'en dire davantage.

« Que je sache quoi, ma petite chérie? »

Marthe reprit :

« Tantôt, papa Richard a ramené avec nous un de ces francs-tireurs... oui, un de ceux que j'avais été prévenir : celui qu'on appelait le général. Il est caché là, dans la chambre à four. Tu vas le voir.

— Eh bien! ma petite fille, il est probable que je m'entendrai avec lui, car c'est un brave. De quoi te préoccupes-tu?

— Père, il faut que je te dise le nom de ce franc-tireur. »

La petite fille était près de s'évanouir. L'officier la prit dans ses bras, la couvrit de baisers :

« Dis-le, mon trésor, explique-toi... et n'importe ce que tu aies à me dire, ne tremble pas ainsi. Après ce que tu as fait pour la patrie, tu as le droit de commander. »

Ce mot rendit à Marthe tout son courage. Tenant la main de son père, elle marcha jusqu'à la maisonnette, et tandis que Riquet, avec précaution, mettait la grosse clef dans la serrure :

« Père, dit-elle à l'oreille du commandant, tu vas trouver là Louis. Il a eu des torts, je le sais, mais si tu savais comme il les répare! Tu viens de dire que j'ai le droit de commander ; je ne commande pas, je prie. Père, au nom de la France qu'il aime et sert comme tu le fais toi-même, pardonne à Louis Leblanc! »

La porte de la chambre à four était ouverte ; le commandant baisa sa fille au front et, sans un mot, entra.

XX

Le lendemain, le jour se leva moins sombre.

Un bruit courait, des plus réjouissants pour les habitants de Juvigny : le régiment hanovrien ne séjournerait pas plus longtemps, et déjà le colonel avait donné l'ordre de préparer le départ.

Valentine et Marthe se promenaient au bras l'une de l'autre, dans le jardin mouillé. Entre ses bras, sous son manteau, Valentine portait le brave petit pigeon, enfin revenu au colombier, mais resté infirme depuis sa campagne.

« Nous allons l'emporter à Verdun, dit Valentine, et nous lui ferons la vie bien douce.

— A Verdun? répéta Marthe. Nous allons donc retourner à Verdun?

— Oui, ma chérie. Père dit que nous y serons plus en sûreté que partout ailleurs, à cause de la capitulation. Avant de partir, il a tout arrangé avec Mlle Leblanc, qui doit nous prendre chez elle. Pauvre bonne amie! Elle a tant promis à père d'avoir soin de nous, de nous traiter comme ses filles.... »

La voix de Valentine se brisa. Il n'était pas malaisé de deviner à qui elle pensait, en parlant de Mlle Leblanc. Marthe n'avait pas revu son père, et par conséquent ne savait rien de ce qui s'était passé entre lui et le franc-tireur....

« Tu ne sais pas, dit Valentine. Pour

DEVANT L'ÉDIFIANT SPECTACLE, L'OFFICIER S'ARRÊTA.

bien remercier papa Richard de ce qu'il a fait pour nous, père veut se charger de Riquet. C'est trop dommage, à ce qu'il dit, qu'un enfant si intelligent ne fasse pas ses études ; à Verdun, Riquet suivrait les cours du collège. Cette idée de papa s'est encore affermie, j'en suis sûre, depuis qu'il sait de quoi est capable ce bon petit Riquet, si brave. »

Le cœur de Marthe se mit à battre de joie. Elle allait s'écrier : « Pourvu que papa Richard consente ! » quand un appel joyeux les fit accourir vers la maison.

Sur la place de l'église, les tambours battaient ; raides sur leurs selles, les officiers passaient l'inspection des compagnies assemblées. Du seuil des portes, les gens regardaient, avec une satisfaction non dissimulée, s'organiser la mise en marche.

« Eh ben ! ma Valentine, dit maman Nette, v'là donc que vous les regardez par plaisir, à c't'heure ? »

Elle riait, se rappelant que la veille la jeune fille avait dit : « Je ne les regarde jamais que par force. »

« Ah ! chère maman Nette, dit Valentine, quand ils s'en vont, on les aime presque ! »

Déjà toutes les fenêtres de la maison étaient grandes ouvertes, afin de faire évaporer ce qu'on appelait l'odeur de Prussien. Et maman Nette se réjouissait, à l'idée de faire cuire tranquillement sa bonne « potée » de choux et de pommes de terre. Papa Richard, qui arrivait de son pas pesant, prononça :

« Tiens, le hibou ! A quoi donc pense-t-il, de se laisser voir en plein jour ?

— Hou, hou, le hibou ! » firent les gamins.

C'était le nom qu'on donnait dans le village au gros Trousslard : en effet, il était comme les autres sur le pas de la porte, l'air crâne.

« Taisez-vous, commanda Marthe aux enfants. Il ne mérite plus qu'on lui donne ce vilain nom. »

Les gens la regardèrent, étonnés. Personne ne pouvait savoir que ce matin Trousslard avait attendu sous le porche de l'église celle qu'on commençait à appeler la petite Jeanne d'Arc, et lui avait confié l'idée qui lui venait, de s'engager.

« Il faut vous dire, mamz'elle Marthe, que ma position n'est plus tenable dans le pays. Saint-Raymond, lui, s'en bat l'œil : il est malade, on le respecte parce qu'on le croit perdu. Mais moi, j'en ai plein le dos de me voir méprisé par des gens qui ne valent pas mieux que moi. Hier soir, quand vous m'avez dit : « Vous êtes un homme d'honneur ! » mon sang n'a fait qu'un tour. Je vous ai avertie comme vous vouliez, pas vrai ?

— Très bien, monsieur Trousslard : vous m'avez rendu un vrai service.

— Et pour lors... vous croyez que je serais capable de faire la guerre, moi, comme un autre ?

— Comme un autre qui la ferait bien, monsieur Trousslard, j'en suis sûre ! »

Ce mot avait achevé d'électriser le pauvre diable, qui n'était pas, au fond, plus lâche qu'un autre : désormais relevé à ses propres yeux, il ne se cachait plus à ceux de personne.

Cependant, les Hanovriens défilaient en bon ordre, s'écoulaient par rangs de quatre vers la grand'route ; les sons aigus des fifres semblaient percer l'air froid. Et les paysans, debout sur le seuil des portes, moitié pour se réchauffer, moitié pour témoigner leur contentement, se frottaient les mains.

Personne ne se les frottait plus énergiquement que papa Richard.

« A c't'heure que tout est nettoyé, dit-il, on peut donc aller « défermer » le commandant.

— Courons vite ! dit Valentine. Pauvre papa ! »

En courant, les jeunes filles traversèrent le corridor, arrivèrent au jardin ; mais quelqu'un avait couru plus vite encore : déjà Riquet avait ouvert la porte de la chambre à four. A l'idée de voir ensemble son père et Louis, le cœur de Marthe battait presque aussi fort qu'un certain jour resté célèbre sous le nom de : jour du Prussien.

« Ce n'est pourtant pas la même chose, se disait-elle. Mais, mon Dieu, mon Dieu ! que je voudrais donc savoir ce qu'ils se seront dit !

— Père vient vers nous, dit Valentine en s'arrêtant au milieu de l'allée. Mais il n'est pas seul. »

Riquet, l'air radieux, accourait vers les jeunes filles :

« M'est avis qu'on est d'accord, » glissa-t-il à l'oreille de sa sœur de lait.

Ce simple mot rendit le souffle à la poi-

Les deux hommes n'étaient plus qu'à quelques pas; les regards des fiancés se rencontrèrent et tandis qu'un flot de larmes jaillissait des yeux de Louis :

« Ma fille, dit le commandant d'une voix très douce, en de pareils jours, on ne doit songer qu'à la patrie. Les hasards de la guerre m'ont fait rencontrer ce jeune

Les paysans se frottaient les mains.

trine oppressée de Marthe. Valentine restait là, sans un mouvement, les yeux sur ces deux hommes qui continuaient de s'avancer à pas lents. Marthe la vit si pâle qu'elle l'enlaça pour la soutenir au besoin.

L'entendant murmurer : « Je rêve », elle l'embrassa et tendrement lui dit :

« Non, ma bonne petite sœur, non, tu ne rêves pas ! »

Pour la première fois, un mot dans lequel il y avait un peu d'orgueil sortit des lèvres de la douce petite fille :

« C'est bien lui; et c'est moi qui te l'ai ramené. »

homme, qui pense comme moi ; nous devons continuer de combattre, non dans l'espoir de vaincre, hélas ! mais simplement pour sauver l'honneur. Et c'est pourquoi nous allons partir ensemble pour l'armée du Nord.

— Ensemble ! » répéta Valentine, éperdue.

Son regard allait de son père qui souriait, à celui qu'elle retrouvait ainsi, miraculeusement.

« Je veillerai sur lui, » murmura le franc-tireur.

Et à ce mot, qui valait mieux que des

paroles d'amour, les mains des fiancés se joignirent comme d'elles-mêmes....

. . . .

Une heure après, arrivait le père Laquille, dans une joie délirante, agitant un journal au bout du bras :

« Lisez, lisez! »

Lui, trop ému, secoué de sanglots, n'aurait pas pu lire.

C'était l'annonce de la victoire de Coulmiers, vingt-cinq mille Bavarois culbutés sur la Loire, les 15ᵉ et 16ᵉ corps en marche, à ce qu'on croyait du moins, pour secourir Paris; lueur d'espérance, apparue tout à coup dans un ciel noir! Elle suffisait à ranimer les cœurs, à leur rendre la foi.

Lorsque le commandant et Louis, emmenant Trousslard, décidément transformé en héros, quittèrent Juvigny pour aller rejoindre l'armée de Faidherbe, le dernier mot du franc-tireur fut celui-ci :

« Ne pleurez pas! Nous vaincrons, et nous reviendrons! »

XXI

Épilogue.

Après un hiver des plus rudes, avril avait ramené le soleil.

Sur la route qui, le long de la voie du chemin de fer, conduit de Verdun-sur-Meuse au faubourg de Glorieux, trois personnes se promenaient dans un landau découvert : Riquet, Valentine et Marthe, cette dernière enveloppée de châles nombreux et bien calée entre les coussins, aussi blanche que le blanc foulard de soie qui s'enroulait autour de son cou; car la petite fille avait été bien malade, d'une grosse bronchite, et Valentine avait passé plus d'une nuit à pleurer et à prier, tout en la veillant.

Dieu merci, tout danger était passé. Le docteur avait permis cette promenade, une vraie fête après tant de jours de réclusion : si seulement les cœurs avaient pu être joyeux! Mais la triste paix qui nous enlevait l'Alsace et une partie de la Lorraine avait été signée, voilà huit jours : comment ne pas pleurer les chères provinces, et Strasbourg, et Metz?

A ce grand chagrin se joignait une inquiétude.

Par une lettre du commandant, on savait que Louis avait été blessé le 19 janvier, à la bataille de Saint-Quentin, et devait se trouver dans une ambulance de cette ville.

« Un soldat ne s'appartient pas, écrivait le commandant, et j'ai dû le laisser là, même avant d'être rassuré sur son compte. Tout ce que je puis vous dire de cette blessure, c'est que c'est moi qui aurais dû la recevoir : une manie qu'avait ce pauvre enfant, de me faire constamment un rempart de son corps. Si vous le pouvez, vous, sa bonne tante, tâchez d'aller le soigner, et dites-lui tout ce que je n'ai pas pu lui dire : que tout le passé est oublié, et qu'il est mon fils. »

Mlle Leblanc était partie aussitôt, désolée de ne pouvoir emmener Valentine; mais Marthe venait de prendre le lit avec une forte fièvre. Pour lui éviter une émotion, on ne lui avait pas d'abord parlé de cette blessure de Louis, et Mlle Leblanc avait fait semblant de partir pour Nancy, où, soi-disant, son notaire la demandait.

Valentine et Riquet, sans parler de Catherine, avaient passé de tristes jours.

« Plus mauvais que ceux du bombardement », disait la vieille bonne qui cependant ne posait pas pour aimer le canon outre mesure. Et Riquet, malgré son zèle pour l'étude, avait manqué trois fois sa classe au collège, tant il était inquiet.

Enfin, ce mauvais temps était passé; voilà que la chérie se promenait en voiture. Ce matin, elle avait mangé de bon cœur un œuf avec un croissant; le bon soleil aurait vite fait de lui rendre ses forces.

Au moment où le landau allait s'engager sur la voie qu'il devait traverser, le garde-barrière fermait le passage; la voiture s'arrêta et attendit. Déjà la trépidation d'un train lancé à toute vapeur se communiquait au sol; les chevaux mécontents dressèrent la tête, l'un d'eux hennit. Le train passa, bruyant et rapide, et bondé de gens; des grappes de figures se montraient à chaque portière.

« C'est plein de Prussiens, grogna le cocher avec une grimace. Paraît que nous n'en avions pas encore assez comme ça. »

C'était un brave garçon qui, pendant le siège, avait vaillamment fait tout son devoir ; le ruban jaune fleurissait son bourgeron.

Tout à coup, à travers le panache de fumée blanche que rabattait le vent, on aperçut à l'une des portières une main qui faisait signe.

« On nous dit bonjour, » dit Riquet.

Mais le cocher, haussant les épaules, railla :

« Un bonjour de Prussien, joli bonjour ! Il n'y a que des « faces à claque » dans ce wagon-là ! »

Valentine, enfoncée dans ses pensées, semblait n'avoir rien vu ; Marthe non plus ne disait rien, et cependant, comme malgré elle, tout le long du retour, elle ne fit que penser à cette grande main qui, au passage à niveau, avait eu l'air de les saluer....

Descendue de voiture, elle refusa de rentrer dans la maison ; elle avait, disait-elle, besoin de se dégourdir les jambes, et, appuyée à l'épaule de Riquet, elle monta sur la terrasse où se trouvait son jardin, petit coin de terre cultivé par elle avec amour. Miracle ! La fée Printemps avait passé, sa baguette avait touché les buissons, les seringas bourgeonnaient, les lilas dépliaient avec soin leurs petites feuilles pointues. La vigne restait rébarbative ; mais combien de petites violettes, à ses pieds, jouaient à cache-cache ! Leur parfum dilata délicieusement la poitrine de Marthe.

Un coup de sonnette, donné de main de maître, fit tressaillir la petite fille.

« Allons, bon ! la voilà toute pâle, à présent, pensa Riquet. Ce que c'est nerveux, les femmes ! C'est l'heure du facteur, dit-il tout haut. Je cours : il y a peut-être quelque chose du commandant. »

Marthe, restée seule, se mit debout. Son cœur battait si fort qu'elle appuya ses mains sur sa poitrine, pour essayer de le calmer.

Pourquoi ne courait-elle pas comme Riquet?

Elle entendit des exclamations, des cris, qui lui parurent être des cris de douleur ; et elle pensa :

« Papa est mort. Folle, qui tout à l'heure me réjouissais de son retour ! »

Si vaillante, quand il ne s'agissait que d'affronter le péril ou d'endurer la fatigue, elle se trouva sans force pour aller au-devant du malheur qu'elle pressentait. Un banc de jardin se trouvait là ; elle s'y laissa tomber, et s'évanouit.

Quand elle revint à elle, elle s'étonna d'abord que le parfum des violettes se fût changé en une odeur subtile, moins agréable, odeur mêlée d'éther et d'eau de Cologne. Mais une bien autre transformation s'était opérée pendant ces quelques minutes ! Ce coin de jardin était devenu un coin du ciel.

Tous ceux qu'elle aimait entouraient la petite fille : son père, à genoux, la soutenait d'un de ses bras ; devant elle, Mlle Leblanc, Louis, Valentine. Le commandant et Louis étaient habillés en civil, et même le franc-tireur n'avait plus ni son fusil, ni sa chéchia ; mais un peu plus loin, discrètement, se tenait un soldat français, culotte rouge et capote bleue. Riquet, qui accourait avec un bidon de vinaigre, cria : « Mâtine ! qui nous fait une pareille peur ! Mais, tout de même, c'est toi qui avais raison.

— Raison? répéta Marthe qui sous les caresses de son père riait et pleurait à la fois. Je me trompais bien, au contraire, puisque je croyais que papa était mort !

— Grosse bête chérie, murmura le commandant.

— Tu avais raison pour ce qui est de la main. La main était celle de M. Louis : il nous avait reconnus dans la voiture ; mais il y avait tant de têtes à la portière qu'il n'a pu avancer que la main.

— Et encore la main gauche, » dit Louis en regardant Valentine.

Et comme les yeux de la jeune fille l'interrogeaient, il ajouta :

« Je ne vous reviens pas entier, mon amie ; cette blessure... ».

Brusquement, il enleva le gant qui recouvrait sa main droite ; à cette main manquaient deux doigts : l'annulaire et le médium.

« Deux doigts de moins, mais beaucoup

plus de cervelle, dit en souriant le commandant. En somme, nous y gagnons; ma fille, je te conseille de le prendre tel qu'il est. »

Déjà Valentine tenait dans les siennes la pauvre main mutilée.

Le commandant prit Marthe dans ses bras et l'emporta jusqu'à la maison, malgré les protestations de la petite fille qui prétendait marcher. Mais, au fait, c'était l'occasion de nouer les bras au cou de son père et de l'embrasser une fois de plus; aisément, Marthe se résigna à être portée.

« Qu'est devenu Trousslard? demanda-t-elle tout à coup.

— Mort en faisant son devoir, répondit le commandant. Tombé à Bapaume, ainsi qu'un autre de tes amis, ma petite fille : le brave Cogne-Toujours. »

En ce moment, l'officier s'inclinait pour déposer son cher fardeau sur le canapé du salon; il sentit couler dans sa moustache une goutte d'eau échappée des yeux de Marthe.

« Riquet, viens que je te dise. Cogne-Toujours est mort, Trousslard est mort.... »

Très affairée, Mlle Leblanc réunissait les manteaux, comptait les colis.

« Mon petit sac vert, mon bon Arsène? Avez-vous vu mon petit sac vert? »

Le soldat, ainsi interpellé, s'avança et répondit très poliment :

« Mademoiselle avait à la main le petit sac vert, sans s'en apercevoir.

— C'est pourtant vrai. Peut-on être aussi étourdie, à mon âge! »

Cependant, ce nom d'Arsène avait éveillé quelque chose dans le souvenir de Marthe. Quoi? Elle n'aurait pas pu le dire au juste. Qui donc avait-elle connu, qui s'appelait Arsène?

« Pardi! s'écria Riquet, le fils de la bonne maman Michaud, de l'Embuscade. Nous ne l'avons pas connu, mais nous en avons tellement entendu parler! »

Il y eut un petit moment de silence; la bonne figure ouverte du soldat français exprimait une vive satisfaction; mais tant qu'on ne l'interrogeait pas, il se taisait.

« Eh bien! dit Louis, celui-ci est bien le vrai Arsène, le digne fils de l'excellente mère Michaud; nous étions voisins de lit à l'hôpital de Saint-Quentin. Je pensais bien que vous auriez du plaisir à le connaître, ma petite Marthe.

— Oh! tant, tant de plaisir! s'écria Marthe. J'aime si fort votre maman, monsieur Arsène! Et elle vous aime tant! Va-t-elle être heureuse, la pauvre femme! Je voudrais être là quand vous cognerez à la petite porte de l'Embuscade, et que de la fenêtre elle demandera : « Qui « est là? » Mais approchez donc, qu'on vous voie de près, au moins! »

Tous réunis près du canapé, les jeunes gens se mirent à bavarder joyeusement. On remarqua que Marthe, tout en s'évanouissant d'émotion, n'avait pas lâché ses chères violettes.

« Elles ne m'ont pas trompée, dit-elle; je savais bien qu'elles prédisaient du bonheur! »

Le commandant, resté en arrière, contemplait ces enfants qui, malgré les tristesses présentes, formaient un groupe heureux; les visages intelligents et ouverts laissaient deviner la bonté des cœurs, la noblesse des âmes; et pour la première fois, depuis le jour où son épée lui était tombée des mains, le commandant Deshayes sentit renaître en lui l'espoir.

Il vit Marthe partager entre tous son bouquet de violettes; les gros doigts rugueux d'Arsène Michaud s'escrimaient en vain, ils ne parvenaient pas à glisser dans la fente de la boutonnière les queues fragiles...

Et comme Mlle Leblanc, ayant fini de ranger les sacs de voyage, se rapprochait de lui, le commandant lui montra de la main cette petite scène, en murmurant :

« Dieu les bénisse! Ils sont l'avenir! »

490-21. — Coulommiers. Imp. PAUL BRODARD. — 5-21.

IMP. CUSSAC, PARIS.

www.ingramcontent.com/pod-product-compliance
Ingram Content Group UK Ltd.
Pitfield, Milton Keynes, MK11 3LW, UK
UKHW022116260726
13993UKWH00003B/1047